沈復 著 彭令 整理 崇賢書院 釋譯

浮生六記

第四冊

北京聯合出版公司

（承上册）

原文 初四日亥刻，起碇。乘潮至羅星塔，海闊天空，一望無際。余婦芸娘，昔遊太湖，謂得見天地之寬，不虛此生。使觀於海，其愉快又當何如？

初九日卯刻，見彭家山，列三峰，東高而西下。申刻，見釣魚臺，三峰離立，如筆架，皆石骨。唯時水天一色，舟平而駛。有白鳥無數，繞船而送，不知所自來。

入夜，星影橫斜，月光破碎，海面盡作火焰，浮沉出沒，木華《海賦》所謂「陰火潛然」者也。

譯文 初四那天夜裏十一點，我們的船起錨出發了。借著潮水的動力我們到達羅星塔。眼前的景色海闊天空，一望無際。我的妻子芸

娘曾經遊覽太湖，她說過，能夠見到天地如此寬廣無垠，一輩子也沒白過。如果她能看到現在的海，不知道她會快樂成甚麼樣子？

初九早晨六點，我們看到了彭家山，一字並列聳立著三個主峰，東高西低。到了傍晚時分，我們看到了釣魚臺，纔發現這座山的三個主峰原來是各自獨立的，好像是筆架，山上裸露的岩石看上去骨幹瘦硬。衹見這時水天一色，我們的船行駛得很平隱，有很多白色的水鳥，繞著船飛翔，不知道這些鳥從哪裏來的。

到了晚上，星星的影子橫豎映襯著，月亮的光輝也顯得支離破碎，整個海面上像燃燒著火焰一樣，隨著海浪的起伏，我們的船也高低起伏，木華的《海賦》中寫到的「陰火潛然」應該就是這種景象。

原文 初十日辰正，見赤尾嶼。嶼方而赤，東西凸而中凹，凹中

又有小峰二。船從山北過，有大魚二，夾舟行，不見首尾，脊黑而微綠，如十圍枯木，附於舟側。舟人以爲風暴將起，魚先來護。午刻，大雷雨以震，風轉東北，舵無主，舟轉側甚危！幸而大魚附舟，尚未去。忽聞霹靂一聲，風雨頓止。申刻，風轉西南且大。合舟之人，舉手加額，咸以爲有神助。得二詩以誌之。詩云：「平生浪跡遍齊州，又附星槎作遠遊。魚解扶危風轉順，海雲紅處是琉球。」「白浪滔滔撼大荒，海天東望正茫茫。此行足壯書生膽，手挾風雷意激長。」自謂頗能寫出爾時光景。

譯文 初十晚上九點，我們看到了赤尾嶼。島嶼的形狀方正，顏色呈現赤紅色，東西向外凸出，中間向裏面凹進去，一個低凹處又有

兩座小山峰。船從山的北面通過，我們看到兩條大魚，分別在船的兩側游動，衹能看到魚的身子，看不到頭和尾，兩條魚脊背黑並且有些微綠，好像一棵十抱粗的枯槁樹木，攀附在大船的兩側。爲我們撐船的人認爲風暴就要來臨了，大魚是提前過來保護我們航行的。中午時分，雷聲大作，暴雨傾盆，風向轉爲東北風，船舵無法控制，船在風雨中旋轉，形勢很危急！幸虧有大魚攀附在船的兩側，沒有離開。忽然天空中響起一聲霹靂，風雨都停止了。下午四點，風轉爲西南風而且越颳越大。船上所有的人都舉起手放到額頭上，大家認爲這是有神明在幫助。我作了兩首詩來記錄這次艱險。詩中寫道：「平生浪跡遍齊州，又附星槎作遠遊。魚解扶危風轉順，海雲紅處是琉球。」還有一首是：「白浪滔滔撼大荒，海天

東望正茫茫。此行足壯書生膽，手挾風雷意激昂。」我認爲這兩首詩能形象地寫出當時的情景。

【原文】十一日午刻，見姑米山。山共八嶺，嶺各一二峰，或斷或續。未刻，大風暴雨如注，然雨雖暴而風順。酉刻，舟已近山。琉球人以姑米多礁，黑夜不敢進，待明而行。亦不下碇，但將篷收回，順風而立，則舟蕩漾而不能退。戌刻，舟中舉號火①，姑米山有人應之。詢知爲球人暗令：日則放炮，夜則舉火。儀注所謂得信者，此也。

【註釋】①號火：烽火；古代軍中爲傳信號而舉的火。宋周密《癸辛雜識前集·炮禍》：「號火四舉，諸軍皆戒嚴，紛擾凡一晝夜。」

【譯文】五月十一日中午時分，我們看到了姑米山，山一共有八道

嶺，每座嶺上各有一兩座主峰，或斷或續。下午三點，大風颳起，暴雨如注，然而暴雨雖然強烈，風卻很和順。天黑的時候，我們的船已經靠近了姑米山。琉球人因爲姑米山附近礁石很多，晚上的時候不敢靠近，因此我們要等到天亮纔能繼續航行。我們也沒有拋錨，祇是將帆篷收了起來，讓帆篷順著風立著，這樣，船就在水面蕩漾不會後退。到了晚上八點，船上有人點上火把，姑米山裏也有火把回應我們。我一問纔知道這是琉球人的暗語口令：白天就放炮，晚上就舉火把。儀注中所說的傳遞消息的辦法，就是這樣。

【原文】十二日辰刻，過馬齒山。山如犬羊相錯，四峰離立，若馬行空。計又行七更，船再用甲寅針，取那霸港。回望見迎封船在後，共相慶倖。歷來針路所見，尚有小琉球、雞籠

山、黃麻嶼，此行俱未見。問知琉球影長，年已六十，往來海面八次，每度細審，得其準的。以爲不出辰卯二位，而乙卯位單，乙針尤多，故此次最爲簡捷，而所見亦僅三山，即至姑米。針則開洋用單辰，行七更後，用乙卯，自後盡用乙。過姑米，乃用乙卯。唯記更以香，殊難憑準。念五虎門至官塘，里有定數，因就時辰表按時計里，每時約行百有十里。

譯文　五月十二日早晨八點，我們的船經過馬齒山。馬齒山就像狗和羊混合在一起，四個主峰好像馬在太空中飛行。大體算來，我們的船又走了十三四個小時，船再次起航的時候能夠用羅盤指南針，取道駛進了那霸港。回頭望去，衹見迎接冊封使節的大船已經跟在我們後面了，大家共同慶賀祝福。從歷來的航海圖上看見的航線，還有小琉球、雞籠山、黃麻嶼等地，但是這次都沒有看到。聽說琉球船夫的首領已經六十歲了，在海面上來回行船有八次，每次都要細緻審查，找到準確的方向，他認爲不出於辰、卯兩個位置，在天干中，乙卯的位置是單數，乙位置的磁力就強大，因此這次航行最爲簡單便捷，途中衹看到三座山，就到了姑米。在開始航行的時候，羅盤定位用的是單辰，航行了七個時辰以後，就改用乙辰，然後一直用乙。過了姑米山，再用乙卯。衹使用點香來計時，很難計算的那麼準確。心裏想的是從五虎門到琉球島的官塘，里程是有定數的，因此依據時刻表按照時辰計算里程，每小時大概航行一百一十里。

原文

自初八日未時開洋，訖十二日辰時，計共五十八時。初十日，暴風停雨時；十一日夜，畏觸礁，停三時，實行五十三時，計程應得五千八百三十里。計到那霸港，實洋面六千里有奇。

據琉球夥長云，海上行舟，風小固不能駛，風過大，亦不能駛。風大則浪大，浪大力能壅船，進尺仍退二寸。唯風七分，浪五分，最宜駕駛。此次是也。從來渡海，未有平穩而駛如此者。於時，球人駕獨木船數十，以纖挽舟而行，迎封三接如儀。辰刻，進那霸港。先是，二號船於初十日望不見，至是乃先至。迎封船亦隨後至，齊泊臨海寺前。夥長云，從未有三舟齊到者。

譯文

自從初八那天未時開船出海，到十二日辰時爲止，共航行了五十八個時辰。初十那天，因爲暴風雨停留了兩個時辰；十一日晚上因爲擔心觸礁又停留了三個時辰，實際上船航行了五十三個時辰，計算里程應該是五千八百三十里。至到達那霸港，實際上在海面上航行了六千多里。

根據琉球的船夫首領所說，在海上航行，風力太小不能行駛，風力太大也不能行駛。海上的風太大，浪也大，浪大就可能把船行駛的航道堵上，在這樣的情況下行船，前進一尺可能會後退兩寸。祇有當風力祇有七分，浪五分的時候，纔最適合航行。這次就是這樣。歷來在海上航行，都不曾遇到這樣平隱行駛的情況。就在這時候，琉球人駕著幾十條獨木船，用纖繩拉著我們的大船向前走，迎接冊封的儀式三番五次地舉行。到了上午八點，我們的船進了那霸港。之前，二號船從初十那天就不見蹤影了，到了這裏，我們纔知道，二號船先到了。迎接冊封的船隨後也趕到了，所有的船都停在臨海寺的前面。船夫首領說，從來沒有遇到三條大船同時達到的情況。

原文 午刻，登岸。傾國人士，聚觀於路，世孫率百官迎詔如儀。世孫年十七，白皙而豐頤，儀度雍容，善書，頗得松雪①筆意。

按《中山世鑒》，隋使羽騎尉朱寬至國，於萬濤間，見地形如虯龍浮水，始曰「流虯」。而《隋書》又作「流求」，《新唐書》作「流鬼」，《元史》又作「瑠求」，明復作「琉球」。《世鑒》又載，元延祐元年，國分爲三大里，凡十八國，或稱山南王，或稱山北王。余於中山、南山，遊歷幾遍，大村不及二里，而即謂之國，得勿誇大乎？

註釋 ①松雪：趙孟頫，字子昂，號松雪道人，元代書畫家。

譯文 正午時分，我們上了岸。全中山國的人都聚集在道路兩邊觀看我們，世孫率領百官按照迎接皇帝詔書的禮儀歡迎使者。世孫今年十七歲，皮膚白皙，體態豐滿，儀錶氣度雍容大方，他擅長書法繪畫，作品和松雪的筆鋒和意境有些相似。

根據《中山世鑒》的記載，隋朝的使臣一個叫朱寬的羽騎尉曾經到過該國，他在萬頃波濤間發現該國的地形就像一條虯龍浮出水面，於是他最早把這裏叫作「流虯」。而《隋書》中又寫作「流求」，

《新唐書》寫作「流鬼」，《元史》中寫作「瑠求」，明朝時重新稱作「琉球」。《世鑒》中又記載，元朝延祐元年，中山國分裂爲三個部分，一共有十八個小國，有的稱山南王，有的稱山北王。我在中山、南山遊歷了幾遍，大的村莊不到二里，就稱爲一個國家，豈不是有些太誇張了嗎？

原文　琉人每言大風，必曰颱颶。按韓昌黎詩：「雷霆逼䫻。」是與颶同稱者爲䫻。《玉篇》：「䫻，大風也，於筆切。」《唐書・百官志》：「有䫻海道。」或系球人誤書。《隋書》稱琉球有虎、狼、熊、羆，今實無之。又云無牛羊驢馬。驢誠無，而六畜無不備。乃知書不可盡信也。

天使館西向，倣中華廨署，有旗竿二，上懸冊封黃旗。有照牆，有東西轅門，左右有鼓亭，有監獄。大門署曰「天使館」，門內廊房各四楹。儀門署曰「天澤門」，萬曆中使臣夏子陽題，年久失去，前使徐葆光補出。

譯文　琉球人一旦提到起大風，就叫作颱風、颶風。根據韓昌黎的詩：「雷霆逼䫻。」其中的䫻就是和颶風相當風力的大風。在《玉篇》中寫道：「䫻，大風也，於筆切。」《唐書・百官志》裏也記載著：「有䫻海道。」大概是琉球人的筆誤。《隋書》中稱琉球有虎、狼、熊、羆，實際上，現在已經沒有了。又說這裏沒有牛羊驢馬，這裏確實沒有驢，但是其他的六畜還是都俱備的，於是，我知道書上寫的不能全部相信。

天使館面向西方，是倣照中華大陸的公署衙門的格局建造的，有兩個旗杆，上面懸掛著冊封的黄旗。大門外面有影壁牆，東西兩側各有一道轅門，左右兩邊有鼓亭，還有監獄。大門上的匾額上寫著「天使館」，大門內各有四間廊房。迎賓門的上方也有一塊匾額，寫著「天澤門」，這是明代萬曆年間的使臣夏子陽題的字，年代久遠，上面的漆都已經剝落了，現在能看到的是前任使臣徐葆光後來補作的字。

原文 門內左右各十一間，中有甬道，道西榕樹一株，大可十圍，徐公手植。最西者爲廚房，大堂五楹，署曰「敷命堂」，前使汪楫題。稍北，葆光額曰「皇綸三錫」。堂後有穿堂，直達二堂。堂五楹，中爲正副使會食之地，前使周公署曰「聲教東漸」。左右即寢室。堂後南北各一樓，南樓爲正使所居，

汪楫額曰「長風閣」。北樓爲副使所居，前使林麟焻額曰「停雲樓」。額北有詩碑，乃海山先生所題也。周礪礁石爲垣，望同百雉。垣上悉植火鳳，幹方，無花有刺，似霸王鞭，葉似慎火草，俗謂能避火，名吉姑羅。南院有水井。樓皆上覆瓦，下砌方磚，院中平似沙，桌椅床帳悉倣中國式。寄塵得詩四首，有句云：「相看樓閣雲中出，即是蓬萊島上居。」又有句云：「一舟翦徑憑風信，五日飛帆駐月槎。」皆真情真境也。

譯文 門內左右各有十一個房間，中間有甬道，道的西面有一棵大榕樹，樹幹大約有十圍的粗細，是徐公親自種的。最西面是廚房，大堂裏有五間房子，上面的匾額上寫著「敷命堂」，是前任使者汪

楫題寫的。再往北一點，還有徐葆光題寫的匾額「皇綸三錫」。大堂的後面有穿堂，一直通到二堂，二堂也有五間房子，中間是正副使喫飯的地方，前任使者周公題字「聲教東漸」。左右的房間就是臥室。二堂後面南北兩側各有一座小樓，南樓是正使居住的地方，汪楫在匾額上寫著「長風閣」，北樓是副使居住的地方，前任使者林麟焻在匾額上題寫著「停雲樓」。匾額的北面還有詩碑，是海山先生題寫的。四周都是用打磨過的礁石砌成的圍牆，看上去就像百隻錦雞聚在一起。牆上全部種著火鳳，莖幹是方的，沒有花，有刺，好像霸王鞭，葉子和慎火草很像，民間傳說能夠避火，名叫吉姑羅。南面的院子有水井。樓上都覆蓋著瓦，下面砌著方磚，院子中平坦得像用沙子鋪過，桌子、椅子、床帳都是倣照中原的樣式。

在此期間，寄塵還作了四首詩，詩中寫道：「相看樓閣雲中出，即是蓬萊島上居。」還有一句寫道：「一舟蕭徑憑風信，五日飛帆駐月槎。」這些都是真情真景啊。

原文

孔子廟在久米村。堂三楹，中爲神座，如王者垂旒搢圭，而署其主曰「至聖先師孔子神位」。左右兩龕。龕二人立侍，各手一經，標曰「易」、「書」、「詩」、「春秋」，即所謂四配也。堂外爲臺，臺東西，拾級以登，柵如櫺星門，中倣戟門，半樹塞以止行者。其外臨水爲屏牆。堂之東，爲明倫堂，堂北祀啟聖。久米士之秀者，皆肄業其中。擇文理精通者爲師，歲有廩給①，丁祭一如中國儀。敬題一詩云：「洋溢聲名四海馳，島邦也解拜先師。廟堂肅穆垂旒貴，聖教如今洽九夷。」用伸仰止之忱。

註釋 ①廩給：薪給；俸祿。元揭傒斯《靖州廣德書院記》：「其爲屋椽礎之數若干，工匠之計若干，自相攸迄成之歲月、廩給之寡夥，咸俾刻於碑陰焉。」

譯文 孔子廟建在久米村，正堂有三個房間，中間的是神座，就像是王者冠冕垂旒，腰插玉圭，上面標明了它的主人是「至聖先師孔子神位」。左右擺放著兩個神龕，神龕上兩個人站立侍奉，每個人手裏捧著一本經書，分別標明「易」、「書」、「詩」、「春秋」，就是通常說的四個配享。屋子的外面有一個臺，臺的東西兩側蹬著臺階上去，有柵欄就是欞星門。中間有仿造的戟門，有半棵樹用來阻擋過路的人。在外面挨著水的地方是影壁牆。正堂的東面是明倫堂，堂的北面是祭祀啟聖的地方。久米村的士子中比較優秀的，都在這裏學習。選擇精通文理的人作爲他們的老師，每年都有津貼補給，祭祀的禮儀全部和中原的儀式一樣。在這裏我恭敬地題寫了一首詩，詩中說：「洋溢聲名四海馳，島邦也解拜先師。廟堂肅穆垂旒貴，聖教如今洽九夷。」我用這首詩來表達我的敬仰之情。

原文 國中諸寺，以圓覺爲大。渡觀蓮塘橋，亭供辯才天女，云即斗姥。將入門，有池曰「圓鑒」，荇藻交橫，芰荷半倒。門高敞，有樓巍然。左右金剛四，規模略倣中國。佛殿七楹。更進，大殿亦七楹，名龍淵殿。中爲佛堂，左右奉木主，亦祀先王神位，兼祀祧主①。左序爲方丈，右序爲客座，皆設席；周緣以布，下襯極平而淨，名曰「踏脚綿」。方丈前，爲蓬萊庭。左爲香積廚，側有井，名「不冷泉」。客座右爲古松嶺，異石錯舛，列於松間。左廂爲僧寮②，右廂爲獅子窟。僧寮南，有樂樓。樓南爲園，鐃花木。此乃圓覺寺之勝概也。

註釋 ①祧主：遠祖廟的神主。清方苞《書〈周頌・清廟〉詩後》：「蓋事應祧之祖之終不可缺一時祭，故必祫於太廟。奉祧主以藏夾室，然後特祀新主於所入之廟。」②僧寮：僧舍。

譯文 在中山國裏的各個寺廟中，圓覺寺是最大的了。從觀看蓮花的河塘上的橋走過去，有亭子供奉著辯才天女的神龕，也就是斗姥。快要進門的地方有一個叫「圓鑒」的池子，青荇水藻交錯縱橫，蓮荷都歪歪扭扭地半倒半臥著。外門大敞，有個角樓就像淩空飛揚一樣。左右各有四個金剛，規模基本是仿照中原。佛殿有七間房，順序進入，大殿裏也有七個小間，大殿的名字叫龍源殿。中間設爲佛堂，左右各敬奉木主，也有祭祀先王的神位的，還兼有祭祀祧主的功用。左序是方丈坐的地方，右序是客人的座位，都擺設了几案；周圍用布包好，下面的襯墊非常平整乾淨，稱爲「踏腳綿」。方丈的前面是蓬萊庭。左側是香積廚，旁邊有井，名叫「不冷泉」。客人座位的左面是古松嶺，那裏奇形怪狀的石頭錯落有致地排列在古松之間。左側的廂房是僧人的房間，右面的廂房是獅子窟。僧舍的南面有樂樓，樓的南面有花園，種著很多花草樹木。這就是圓覺寺的大概景致了。

原文 又有護國寺，爲國王禱雨之所。龕內有神，黑而裸，手劍立，狀甚猙獰。有鐘，爲前明景泰七年鑄。寺後多鳳尾蕉，一名鐵樹。又有天王寺，有鐘亦爲景泰七年鑄。又有定海寺，有鐘爲前明天順三年鑄。至於龍渡寺、善興寺、和光寺，荒廢無可述者。

此邦海味，頗多特産，爲中國之所罕見。一石鮔，似墨魚而大，腹圓如蜘蛛，雙鬚八手，攢生兩肩，有刺，類海參，無足無鱗介，如鮑魚。登萊有所謂八帶魚者，以形考之，殆是石鮔，或即烏鰂之別種歟？

一海蛇，長三尺，僵直如朽索，色黑，狀猙獰。土人云：能殺蟲、療痼、已癘；殆永州異蛇類。土俗甚重之，以爲貴品。

譯文 這裏還有一個護國寺，是國王祈天降雨的地方。神龕裏有神的雕像，黑色的而且是裸體的，手裏拿著劍站著，看上去非常猙獰。有一口鐘，是前明景泰七年鑄造的。還有定海寺，有一口鐘，是前明天順三年鑄造的。至於龍渡寺、善興寺、和光寺，已經荒廢了，沒有甚麼可記述的。

中山國盛産海味，這裏的海味是中原很少見到的。有種叫石鮔的魚，好像墨魚，但是比墨魚大，腹部是圓的，就像蜘蛛，有兩根鬚子，八隻手，聚攏著生長在兩個肩頭，身上有刺像海參，沒有腳沒有鱗好像鮑魚。登萊島上還有通常說的八帶魚，按照它的形狀來考察，大概是那個叫石鮔的魚，或是烏賊的另外一個品種吧？

有一種海蛇，長三尺，僵直的時候就像腐朽的繩索，黑色，面貌猙獰，當地人說這種蛇能殺死蟲子、治療頑疾；大概是永州附近奇異怪蛇一類的東西。當地人非常看重這種蛇，認爲是珍貴的東西。

原文

一海膽，如蛹，剝皮去肉，搗成泥，盛以小瓶，可供饌。

一寄生螺，大小不一，長圓各異，皆負殼而行。螺中有蟹，兩螯八跪，跪四大四小，以大跪行，螯一大一小，小者常隱，大者以取食。觸之則大跪盡縮，以一大螯拒戶。蟹也而有螺性，《海賦》所云「璅蛣腹蟹」，豈其類歟？《太平廣記》謂「蟹入螺中」。似先有蟹；然取置碗中，以觀其求脫之勢，力猛殼脫，頃刻死，則又與殼相依爲命。造物不測，難以臆度也。

一沙蟹，闊而薄，兩螯大於身。甲小而缺其前，縮兩螯以補之，若無縫。八跪特短，臍無甲，尖圓莫辨。見人則凹雙睛，噀水高寸許，似善怒。養以沙水，經十餘日，不食亦不死。

譯文

還有一種海膽，好像蛹一樣，剝掉皮拿出肉，搗成泥，放到小瓶子裏，可以隨時食用。

還有一種寄生螺，大小不一，有長有圓，都是背著殼行走。螺中有小螃蟹，兩隻螯八隻腳，腳四隻大四隻小，用大的行走，兩隻螯也是一大一小，小的常常隱藏起來，大的用來找吃的。一旦被碰觸，螃蟹的腳就全部縮回去，用一隻大螯防禦。螃蟹本身也帶有螺的特性，《海賦》中所說的「璅蛣腹蟹」，難道是指這類螃蟹嗎？《太平廣記》中稱「蟹入螺中」。好像應該先有螃蟹這種東西；但是要取來螃蟹把它放在碗裏，觀察它掙扎著力求脫身的樣子，它要是用力過猛，把殼子掙脫掉了，螃蟹也會立刻死掉，這樣看來，螃蟹和殼是相依爲命的。造物的道理實在是很難預測的，更無法臆測。

有一種沙蟹，長得又寬又薄，兩隻螯比身體還大，甲殼小並且前面是缺損的。一般的情況下，它都把兩隻螯縮起來彌補，好像沒有縫隙一樣。這種沙蟹的八條腿特別短，臍部沒有甲，看起來尖團很難辨認，看見人的時候就把眼睛凹進去，趴在水底下離水面大約一寸深的地方，看起來很容易生氣。用摻著沙子的水養它，十多天以後，不喫東西也不會死。

原文

一蚶，徑二尺以上，圍五尺許，古人所謂「屋瓦子」，以谷形凹凸，像瓦屋也。

一海馬肉，薄片回屈如刨花，色如片茯苓。品之最貴者，不易得，得則先以獻王。其狀魚身馬首，無毛而有足，皮如江豚。此皆海味之特産也。

此邦果實，亦有與中國不同者。蕉實狀如手指，色黃，味甘，瓣如柚，亦名甘露。初熟色青，以糖覆之則黃。其花紅，一穗數尺。瓤鬚五六出，歲實爲常，實如其鬚之數。中國亦有蕉，不聞歲結實，亦無有抽其絲作布者；或其性殊歟？

譯文

有一種蚶，直徑大約在二尺以上，一圈五尺左右，就是古人所說的「屋瓦子」，因爲它的谷形狀有些凹凸不平，看起來像屋子上的瓦一樣，因此得名。

還有一種海馬肉，薄薄的切片回曲好像刨花一樣，顏色像是片狀的茯苓。是最昂貴的品種，非常不容易獲得，誰得到就會先獻給國王。它的形狀是魚的身子，馬的腦袋，沒有毛，但是有腳，皮如同江豚。這些都是中山國有名的海味特産。

這個國家的果實，也有很多和中原不一樣的。香蕉的果實好像手指，黃色，味道甘甜，分瓣好像柚子，也叫甘露。剛成熟的時候，顏色發青，用糖覆蓋在上面就變黃。花的顏色是紅的，一穗數尺。它的瓤鬚五六出，每年結的果實和其他水果差不多，果實的數量和鬚的數量相當。中原大陸上也有香蕉，不過沒聽過年年結果實的，也沒聽說抽掉其中的絲做布的；或許他們的特性不同吧？

原文 布之原料，與製布之法，亦有與中國異者。一曰蕉布，米色，寬一尺，乃芭蕉漚抽其絲織成，輕密如羅。一曰苧布，白而細，寬尺二寸，可敵棉布。一曰絲布，摺而棉軟，苧經而絲緯，品之最尚者。《漢書》所謂蕉、筒、荃、葛，即此類也。一曰麻布，米色而粗，品最下矣。國人善印花，花樣不一，皆剪紙爲範。加範於布，塗灰焉；灰乾去範，乃著色；乾而浣之，灰去而花出，愈浣而愈鮮，衣敝而色不退。此必別有製法，秘不語人，故東洋花布，特重於閩也。

譯文 布的原料與製布的方法和中原也有不同。其中一種叫蕉布，米色，一尺寬，是芭蕉漚爛後把它的絲抽出來織成的布，又輕又密好像綾羅。一種是苧布，又白又細，一尺二寸寬，和棉布差不多。一種是絲布，容易摺疊，而且綿軟，用苧作爲經線用絲作爲緯線，這是布中最好的。《漢書》中所謂的蕉、筒、荃、葛，估計就是這一類東西。還有一種麻布，米色但是很粗糙，品質是最差的。中山國的百姓都喜歡印花，花樣不同，都是用剪紙作爲範本，把剪好的紙放在布上，塗上灰；灰乾了以後拿掉剪紙，再染色；乾了以後漂洗，灰被洗掉，花樣就出來了，並且越洗越鮮豔，衣服壞了布的顏色也不會退。這一定還有別的製布方法，衹是不告訴外人，所以東洋的花布，特别重視閩地的特產。

原文 此邦草木，多與中國異稱，惜未攜《群芳譜》來，一一辨證之耳。羅漢松謂之樫木，冬青謂之福木，萬壽菊謂之禪菊。鐵樹謂之鳳尾蕉，以葉對出形似也；亦謂之海棕櫚，以葉蓋頭形似也；有攜至中華以爲盆翫者，則謂之萬年棕云。鳳梨，開花者謂之男木，白瓣若蓮，頗香烈，不實；無花者謂之女木，而實大，如瓜可食。或云，即波羅蜜別種，球人又謂之「阿旦呢」。月橘，謂之十里香，葉如棗，小白花，甚芳烈，實如天竹子稍大。開二月中紅，果累累滿樹，若火齊然。惜余未及見也。

譯文 中山國多草木，多數和中原的不是一個名字，可惜我沒能帶著《群芳譜》，要不就能一一分辨考證。羅漢松被稱爲樫木，冬青稱福木，萬壽菊稱禪菊。鐵樹稱爲鳳尾蕉，因爲葉子是成對生長而且形狀很相似的緣故；也叫海棕櫚，因爲葉子的頭形和棕櫚葉子的形狀很相似；有的人將這種植物帶入中原作爲盆景把翫，稱爲萬年棕。鳳梨，開花的當地叫作男木，白色的花瓣好像蓮花，香味很濃，不結果實；不開花的鳳梨成爲女木，果實很大，像瓜一樣可以喫。也有說是菠蘿蜜的別種，琉球人稱之爲「阿旦呢」。還有一種月橘，當地人稱爲十里香，葉子像棗，開小白花，香味很濃，果實像天竹子，但是比天竹子大。聽說，二月的時候紅色的葉子滿樹都是，好像火把一起燃燒。可惜我沒看見。

原文 球陽地氣多暖，時屆深秋，花草不殺，蚊雷不收，荻花盛開。野牡丹二三月花，至八月復花纍纍如鈴鐸，素瓣，紫暈，檀心，圓而大，頗芳烈。佛桑四季皆花，有白色，有深紅、粉紅二色。因得一詩，詩云：「偶隨使節泛僊槎，日日春遊玩物華。天氣常如二三月，山林不斷四時花。」亦真情真景也。

譯文 琉球島朝陽的地區氣候大多溫暖，當時已經是深秋，花草都沒有頹敗，蚊子等蟲子活動還很猖獗，蘆荻花開得正盛。野牡丹在二月、三月盛開，到八月再開，一層一層的就像鈴鐸一樣，素白色的花瓣，紫紅色的花暈，檀色的花心，又圓又大，香味很濃烈。佛桑花四季都會開花，有白色，有深紅色、粉紅色。我因此作了一首詩，這樣寫道：「偶隨使節泛僊槎，日日春遊玩物華。天氣常如二三月，山林不斷四時花。」這都是真實的情況，真實的景色。

原文 球人嗜蘭，謂之孔子花。陳宅尤多異產。有風蘭，葉較蘭稍長，篾竹爲盆，掛風前，即蕃衍。有名護蘭，葉類桂而厚，稍長如指，花一箭八九出，以四月開，香勝於蘭；出名護岳岩石間，不假水土，或寄樹椏，或裹以棕而懸之，無不茂。有粟蘭，一名芷蘭，葉如鳳尾花，作珍珠狀。有棒蘭，綠色，莖如珊瑚，無葉，花出椏間，如蘭而小，亦寄樹活。又有西表松蘭、竹蘭之目，或致自外島，或取之岩間，香皆不減蘭也。因得一詩，詩云：「移根絕島最堪誇，道是森森關里①花。不比尋常凡草木，春風一到即繁華。」題詩既畢，並爲寫生，愧無黃筌②之妙筆耳。

註釋 ①關里：孔子故里，在今山東曲阜城内闕里街。因爲有兩石闕，因此得名。②黄筌：字要叔，五代時後蜀宫廷畫家，成都人。傳世作品有《寫生珍禽圖》卷，絹本，設色，用筆嚴謹、清練，設色華麗，形象刻畫生動逼真，《雪竹文禽圖》册頁藏臺北故宫博物院。

譯文 琉球人喜歡蘭花，稱爲孔子花，老宅尤其很多産。有一種叫風蘭，葉子比蘭花長，用篾竹編成竹盆，掛在風的前面，這種花就能繁衍。有一種叫護蘭，葉子像桂但是比桂厚，稍長像手指，一株花有八九個叉，四月份開花，香味比蘭花還濃；從山上的岩石縫中長出來，不用水土，或者寄生在樹丫間，或用棕櫚葉包裹著懸掛

起來，長得很茂盛。有粟蘭，也叫芷蘭，葉子和鳳尾花的葉子很像，像珍珠的形狀。有棒蘭，綠色，莖好像珊瑚，沒有葉子，花在枝丫間長出來，像蘭，但是稍小，也寄生在樹杈上存活。還有西表松蘭、竹蘭等，有的是從外島上運來的，有的從岩石間得來，香味都不比蘭花差。我就此又作了一首詩，詩中寫道：「移根絶島最堪誇，道是森森闕里花。不比尋常凡草木，春風一到即繁華。」寫完詩，我還做了寫生畫，衹是慚愧自己畫畫的技藝比不上黄筌。

原文 沿海多浮石，嵌空玲瓏，水擊之，聲作鐘磬，此與中國彭蠡之口石鐘山相似。

閒居無可消遣，與施生弈，用琉球棋子。白者磨螺之封口石爲之。内地小螺拒户有圓殼，海螄大者，其拒户之殼，厚

五六分，徑二寸許，圓白如硨磲，土人名曰「封口石」。黑者磨蒼石爲之，子徑六分許，圍二寸許，中凹而四周削，無正背面，不類雲南子式。棋盤以木爲之，厚八寸，四足，足高四寸，面刻棋路。其俗好弈，舉棋無不定之説，頗亦有國手。局終數空眼多少，不數實子，數正同。相傳國中供奉棋神，畫女相如傀子，不令人見，乃國中雅尚也。

譯文　沿海的地方有很多浮出水面的礁石，鑲嵌在空中，非常玲瓏，水衝擊到礁石上，聲音就像鐘磬發出來的一樣，這和中原彭蠡海口的石鐘山很像。

我閒居的時候沒甚麼可以消遣的事情，就和施先生下棋，我們用的是琉球的棋子。白色的棋子是用磨螺的封口石做成的。內地小螺的拒戶上有圓殼，海螻中長得個大的，拒戶的殼子厚的有五六分，直徑大約二寸，圓白像硨磲，當地人稱爲「封口石」。黑色的子磨蒼石做成，棋子的直徑有六分，圍二寸左右，中間凹進去，四周削平，不分正面和背面，和雲南的棋子的樣式不一樣。棋盤是用木頭做成的，厚八寸，四條腿，每條腿四寸高，棋盤上刻著棋理紋路。在當地的風俗中，人們都喜歡下棋對弈，下棋沒有不定的說法，也有很多國家級的選手。一局結束數空眼的多少，不數實際的棋子，數正同。相傳，琉球國中供奉棋神，畫上的神是一位長相像傀子一般的女子，不讓人看見，這也算是琉球國中一個風雅的時尚。

原文　六月初八日辰刻，正、副使恭奉諭祭文，及祭銀焚帛，安放龍彩亭內。出天使館東行，過久米林、泊村，至安里橋，即真玉橋。世孫跪接如儀，即導引入廟。禮畢，引觀先王廟。正廟七楹，正中向外，通爲一龕，安奉諸王神位：左昭自舜馬至尚穆，共十六位；右穆自義本至尚敬，共十五位。是日，球人觀者，瀰山匝地，男子跪於道左，女子聚立遠觀。亦有施帷掛竹簾者，土人云係貴官眷屬。女皆黥首指節爲飾，甚者全黑，少者間作梅花斑。國俗不穿耳，不施脂粉，無珠翠首飾。

譯文 六月初八辰時，正、副大使恭行奉諭祭文，又祭銀焚帛，安放在龍彩亭中。一行人出了天使館向東走，過了久米村、泊村，到了安里橋，就是真玉橋，世孫按照禮儀跪著接旨，然後引導大家進入廟裏。儀式完畢後，世孫又帶著大家參觀了先王廟。先王廟的正廟有七間，正面中間的對著外面，貫通爲一龕，上面安放供奉著諸位王的神位：左邊爲昭，從舜馬到尚穆，一共十六位；右面爲穆，從義本到尚敬，一共十五位。當天，琉球前來觀看儀式的人，漫山遍野都是，男人跪在道的左邊，女人都站在遠處觀看。也有安排帷帳，懸掛竹簾的，當地人說那些人爲當官人家的家眷。女人在額頭上用墨刺字做裝飾，還有把臉都塗上黑色的，少數人在臉上畫上梅花斑紋。當地的風俗是不打耳孔，不抹胭脂，不戴珠寶首飾。

原文 人家門戶，多樹「石敢當」碣，牆頭多植吉姑羅或榛樹，剪剔極齊整。

國人呼中國爲唐山，呼華人爲唐人。

球地皆土沙，雨過即可行，無泥濘。

奥山有卻金亭，前明冊使陳給事侃歸時卻金，故國人造亭以表之。

辨岳，在王宮東南三里許。過圓覺寺，從山脊行，水分左右，堪輿①家謂之過峽，中山來脈也。山大小五峰，最高者謂之辨岳。灌木密覆，前有石柱二，中置栅二，外板閣二。少左，有小石塔，左右列石案五。摺而東，數十級至頂，有石壚二：西祭山，東祭海岳之神。曰祝，祝謂是天孫氏第二女云。國王受封，必齋戒親祭。正五九月，祭山海及護國神，皆在辨岳也。

註釋 ①堪輿：風水。堪，地面高起。輿，車，代指大地。《史記》將堪輿家和五行家並行，本有仰觀天象、俯察山川水利之意，後世以之專指看風水者的稱呼。

譯文 住家的門窗處，大多樹立著「石敢當」的碑碣，牆頭上種著吉姑羅，或是棎樹，修剪得非常整齊。

中山國的人稱呼中原地區爲唐山，稱呼中原的人爲唐人。

琉球國的地表都是土沙，雨一停就能行走，道路一點不泥濘。

奥山上有個卻金亭，前明的冊封使者給事陳侃出使琉球島回國時推卻不收金禮，所以中山國的人建造了這個亭子表彰他。

辨岳山，坐落在王宮東南大約三里的地方。過了圓覺寺，從山脊上行，有溪水將山分成左右兩半，堪輿家稱爲過峽，這是中山的支脈。辨岳山有大小五個山峰，最高的稱爲辨岳，灌木叢生，山前有兩個石柱，中間有兩個栅欄，外面有兩個板閣。稍微向左一點，有個小石塔，左右擺列著五個石桌。轉到東面登上幾十級石階就到了峰頂，那裏有兩座石壚：西邊的用來祭山，東邊的用來祭海岳之神。海岳之神稱爲祀，據說是天孫氏的第二個女兒。國王受封的時候，必定齋戒並親自來祭祀。在五月和九月，祭祀山海神和護國神，都在辨岳山進行。

原文 波上、雪崎，及龜山，余已遊遍，而要以鶴頭爲最勝。隨正副使往遊，陟其巔，避日而坐。草色粘天，松陰匝地。東望辨岳，秀出天半，王宮歷歷如畫。其南，則近水如湖，遠山如岸，豊見城巍然突出，山南王之舊跡猶有存者。西望馬齒、姑米，出沒隱見，若近若遠，封舟之來路也。北俯那霸、久米，人煙輻輳。舉凡山川靈異，草木陰翳，魚鳥沉浮，雲煙變幻，莫不爭奇獻巧，畢集目前。乃知前日之遊，殊爲魯莽。梁大夫小具盤樽，席地而飲，余亦趣僕以酒肴至。未申之交，涼風乍生，微雨將灑，乃移樽登舟。時海潮正漲，沙岸瀰漫，遂由奧山南麓摺而東北。山石嵌空欲落，海燕如鷗，漁舟似織。

譯文 波上、雪崎及龜山這幾個地方，我都遊覽過了，但是我認爲鶴頭的風景最好。我跟隨正、副使一同前往鶴頭山遊玩，到了頂峰，避開太陽坐著，草色和天空融到一起，松樹的蔭影鋪在地上。向東遙望就是辨岳山，衹見山峰高聳入雲，遠處的王宮歷歷如畫。南面近水像湖，遠山像岸，豊見城非常巍然，高聳突現出來，山南王的遺址還有留存下來的。向西望可以看到馬齒山、姑米山等幾座山，這些山隱約出沒，若近若遠，那是我們冊封的大船來的時候走過的路。北面依偎著那霸、久米兩處村莊，人煙密集。大凡那些有靈氣的山川，大多是草木茂盛，魚鳥沉浮，雲煙變幻，沒有不爭奇鬥巧的，這些奇妙的景色全部彙集到眼前。這時我纔知道，前幾天的遊覽實在太魯莽了。梁大夫小規模地擺好了杯盤酒杯，我們就坐在地上喝酒，我也湊趣讓僕人拿來酒菜。未時到申時之間，忽然颳起了涼風，好像要下小雨了，我們轉移到船上繼續喝酒。當時正是漲潮的時候，沙岸上海水瀰漫，於是我們就從奧山的南面向東北方轉了過去。山石鑲嵌在空中好像要落下來，海燕就像海鷗一樣，漁船星羅棋佈。

原文　俄而返照入山，冰輪出水，水艖①無數，飛射潮頭。與介山舉觴弄月，擊楫而歌。樽不空，客皆醉。越渡里村，漏已三下。卻金亭前，列炬如晝，迎者倦矣。乃相與步月而歸，爲中山第一遊焉。

泉崎橋橋下，爲漫湖滸。每當晴夜，雙門供月，萬象澄清，如玻璃世界，爲中山八景之一。旺泉味甘，亦爲中山八景之一。王城有亭，依城望遠，因小憩亭中，品瑞泉，縱觀中山八景。八景者，泉崎夜月、臨海潮聲、久米村竹籬、龍洞松濤、筍崖夕照、長虹秋霽、城岳靈泉、中島蕉園也。亭下多棕櫚紫竹，竹叢生，高三尺餘，葉如棕，狹而長，即所謂觀音竹也。亭南有蚶殼，長八尺許，貯水以供盥，知大蚶不易得也。

註釋 ①鰩：魚的一種，身體扁平，呈菱形或圓形，有的種類有一對可以發電的器官。

譯文 不一會兒，月光照進山裏，月亮的光輝籠罩著山水，有很多水鰩，飛射到浪潮尖上。我們和介山一起對著月亮舉杯，並敲擊船輯大聲唱歌，酒杯還沒空，所有的客人都喝醉了。經過渡里村時，更漏已經三下了。在卻金亭的前面，有許多點燃的火把，把周圍照得像白天一樣，前來迎接我們的人都困倦了。我們一起踏著月亮的光輝返回了，這是我們在中山國的第一次遊覽。

在泉崎橋橋下，是漫湖滸，在天氣晴朗的晚上，雙門拱月，萬象澄清，好像玻璃的世界，這是中山八景之一。旺泉的泉水是甘甜的，也是中山八景之一。王城有座亭子，依著城遠遠地眺望，我們在亭子中休息，品著瑞泉，能夠看到中山的八處景色。中山八景，分別是：泉崎月夜、臨海潮聲、久米竹籬、龍洞松濤、筍厓夕照、長虹秋霽、城岳靈泉、中島蕉園等。亭子下面種了很多棕櫚和紫竹，竹子叢生，有三尺多高，葉子像棕樹，但是狹窄又長，這就是所謂的觀音竹。亭子的南面有蚶殼，八尺多長，在裏面貯存著水用來盥洗，我們都知道大蚶的獲得很不容易。

原文 國人浣漱不用湯，家豎石椿，置石盂或蚶殼其上，貯水，旁置一柄筒，曉起，以筒盛水，澆而盥漱之。客至亦然。地多草，細軟如毯，有事則取新沙覆之。國人取玳瑁之甲，以爲長簪，傳到中國，率由閩粵商販。球人不知貴，以爲賤品。昆山之旁，以玉抵鵲，地使然也。

譯文

中山國的人洗漱不用熱水，各家各戶都豎著石頭柱子，將石頭做成的盂或是蚶殼放在上面，貯存水，旁邊放一個筒，早晨起床，用筒盛水澆到身上洗漱。客人來了也是這樣。

這裏的地上長著很多草，細軟像毯子，有事的時候就拿來一些新沙子覆蓋在上面。中山國的人用玳瑁的甲殼做成長簪，這種簪子傳到中原，都是由閩粵的商人販賣的。琉球人不知道玳瑁珍貴，把它看成便宜的東西。在昆山的旁邊，人們用玉交換鵲，這是地方風俗。

原文

豊見山頂，有山南王第故城。徐葆光詩有「頹垣宮闕無全瓦，荒草牛羊似破村」之句。王之子孫，今爲那姓，猶聚居於此。

辻山，國人讀爲「失山」。琉球字皆對音，十失無別，疑「迭」之誤也。副使輯《球雅》，謂一字作二三字讀，二三字作一字讀者，皆義而非音，即所謂寄語，國人盡知之。音則合百餘字，或十餘字爲一音，與中國音迥異。國中惟讀書通文理者，乃知對音，庶民皆不知也。

譯文

在豊見山的山頂，有山南王的宅第舊址。徐葆光曾經寫過「頹垣宮闕無全瓦，荒草牛羊似破村」這樣的詩句。山南王的子孫，現在都改成那姓，仍然在這裏聚居。

辻山，中山國的人讀爲「失山」，琉球國的文字都是對音，十和失沒有差別，我懷疑是「迭」字的誤寫。副使收集整理了《球雅》一書，書上說一個字當作二三個字來讀，二三個字當作一個字來讀，都是根據意義而不考慮讀音，這就是所說的寄語，國人都知道這點。讀音就是百多個字或十多個字合成一個讀音，和中原的讀音不一樣。中山國中祇有讀書通曉文理的人，纔知道對音這回事，一般的老百姓是不知道的。

原文 久米官之子弟，能言，教以漢語；能書，教以漢文。十歲稱「若秀才」，王給米一石。十五薙髮，先謁孔聖，次謁國王，王籍其名，謂之「秀才」，給米三石，長則選爲通事。爲國中文物聲名最，即明三十六姓後裔也。那霸人以商爲業，多富室。明洪武初，賜閩人三十六姓善操舟者，往來朝貢。國中久米村，梁、蔡、毛、鄭、陳、曾、阮、金等姓，乃三十六姓之裔，至今國人重之。

譯文 久米官員的後代，會說話，就教他們漢語；會寫字，就教他們漢文。十歲的稱爲「若秀才」，國王給他一石米。十五歲剃髮，先拜見孔聖，然後拜見國王，國王就在典籍中記錄他的名字，稱爲「秀才」，賜給米三石，長大以後就選作通事。國內最瞭解文教制度的人，就是明代三十六姓的後裔。那霸人以經商爲業，很多都是富戶。明朝洪武初年，皇帝賞賜閩人三十六姓中善於駕駛船隻的往來朝貢，中山國久米村有梁、蔡、毛、鄭、陳、曾、阮、金等姓氏，都是三十六姓的後裔，到現在中山國的人還很敬重他們。

原文 與寄公談玄理①，頗有入悟處，遂與唱和成詩。法司蔡溫、紫金大夫程順則、蔡文溥，三人集詩，有作者氣。順則別著《航海指南》，言渡海事甚悉。蔡溫尤肆力於古文，有《蓑翁語錄》、《至言》等目，語根經學，有道學氣。出入二氏之學，蓋學朱子而未純者。

琉球山多瘠磽②，獨宜薯。父老相傳，受封之歲，必有豐年。今歲五月稍早，幸自後雨不愆期，卒獲大豐，薯可四收。海邦臣民，倍覺歡欣。僉曰：「非受封歲，無此豐年也。」

註釋 ①玄理：深奧玄妙的道理。②磽：土地堅硬且瘠薄。

譯文 我和寄公討論玄理，有的地方有所領悟，於是就和他酬唱作詩。法司蔡溫、紫金大夫程順則、蔡文溥，他們三個人合集作詩，都有文人的習氣。程順則另外寫下《航海指南》，其中對渡海的事情介紹得很詳細。蔡溫尤其擅長古文，他寫了《蓑翁語錄》、《至言》等篇目，其中的語言以經學爲基礎，有道學的風氣。他的理論基於二氏的經學，大概他對朱子的學習還不深入。

琉球的山大多貧瘠險峻，衹適合種植薯類作物。代代相傳，每到接受封賞的年頭，一定是豐收的年份。今年五月稍有些乾旱，幸而從此以後雨水沒有愆期，最後還是獲得了豐收，薯一年四季都成熟。海島邦國的臣民，覺得非常高興。人們都說：「要不是今年要接受封賞，就不會有這樣的豐收。」

原文 六月初旬，稻已盡收。球陽地氣溫暖，稻常早熟，種以十一月，收以五六月。薯則四時皆種，三熟爲豐，四熟則爲大豐。稻田少，薯田多，國人以薯爲命，米則王宮始得食。亦有麥豆，所產不多。五月二十日，國中祭稻神；此祭未行，稻雖登場，不敢入家也。

七月初旬，始見燕，不巢人屋。中國燕以八月歸，此燕疑未入中國者；其來以七月，巢必有地。別有所謂海燕，較紫燕稍大，而白其羽，有全白似鷗者。多巢島中，間有至中國，人皆以爲瑞。應潮雞，雄純黑，雌純白，皆短足長尾，馴不避人。香厓購一小犬，而毛豹斑，性靈警，與飯不食，與薯乃食，知人皆食薯矣。鼠雀最多，而鼠尤虐。亦有貓，不知捕鼠，邦人以爲翫。乃知物性亦隨地而變。鷹、鴈、鵝、鴨特少。

譯文

六月初的時候，進入收穫稻穀的季節。琉球島朝陽的地方地氣溫暖，稻穀經常早熟，十一月種下，五六月的時候就能收穫。薯則一年四季都可以播種，一年三熟就算豐收，四熟的年份就是大

豐收了。這裏稻田很少，薯田很多，國人以薯作爲生活的根本，衹有王宮裏的人纔能喫到米。這裏也產麥豆，但是產量不大。五月二十日，是琉球國祭祀稻神的日子；祭祀的儀式沒舉行，稻子即使進了場院，誰也不敢收到家裏。

七月初的時候，就能看到燕子飛來了，不在住家的屋簷上建巢。中原的燕子在八月回來，這裏的燕子有可能是沒進入中原的；它們在七月的時候飛來，一定在別的地方築好了巢。還有所謂的海燕，比紫燕大一些，羽毛是白色的，有的全白好像海鷗，多在島上築巢，也有到中原的，人們認爲是吉祥的鳥。應潮雞，雄性的是純黑色的，雌性的是純白色的，全部是短腿長尾巴，溫順不躲避人。香厓買了一條小狗，毛色好像豹子的斑點，機警靈敏，給它飯它

不喫，給它薯它纔喫，纔知道這裏的人都是喫薯的。這裏的鼠雀最多，而老鼠尤其肆虐。這裏也有貓，但是不知道捉老鼠，當地的人養貓都是爲了翫樂。我這纔知道事物的本性也會隨著地域而改變。這裏的鷹、鳫、鵝、鴨特別少。

【原文】枕有方如圭者，有圓如輪而連以細軸者，有如文具藏數層者，製特精，皆以木爲之。率寬三寸，高五寸；漆其外，或黑或朱。立而枕之，反側則仆。按《禮記·少儀》注：「穎，警枕也。」謂之穎者，穎然警悟也。又司馬文正公以圓木爲警枕，少睡則轉而覺，乃起讀書。此殆警枕之遺。

衣製皆寬博交衽，袖廣二尺，口皆不緝，特短袂，以便作事。襟率無鈕帶，總名衾。男束大帶，長丈六尺、寬四寸以

爲度；腰圍四五轉，而收其垂於兩脅間。菸包、紙袋、小刀、梳、篦之屬，皆懷之，故胸前襟帶搊①起凹然。其脅下不縫者，惟幼童及僧衣爲然。僧別有短衣如背心，謂之斷俗。此其概也。

【註釋】①搊：束緊。

【譯文】這裏的枕頭有方形的好像圭一樣，有圓的像輪子一樣，並用細軸連接，有的像文具隱藏很多層的，製作很精巧，都是用木頭做成的。大多三寸寬、五寸高；在外面塗上漆，有黑色的也有紅色的。立起來枕著，反過來就用作俯臥的支撐。根據《禮記·少儀》中的注解：「穎，警枕。」所謂的穎，就是然警悟的意思。曾經有司馬文正公用原木作爲警枕，稍微睡一會兒，枕頭就會轉動，就醒

的帽子最尊貴，絹次之。國王沒有受封的時候，戴烏紗帽，雙翅在帽子側面向上翹起，上面裝飾金色，紅色的纓垂到下巴，下面繫著五種顏色的絲條，這就是皮弁冠，形狀好像是中原梨園中扮演王者的人所戴的便帽，前面直直排列著七片花瓣，穿著有蟒紋的衣服，腰上佩戴著玉。

轎子就像中原的餅轎，中間放上大椅子，上面蓋上大蓋，沒有帷幔，車轅很粗，也長，沒有羈絆，沒有橫木，用八個人抬在左右肩上前進。

原文 杜氏《通典》①載琉球國俗，謂婦人產必食子衣，以火自炙，令汗出。余舉以問楊文鳳：「然乎？」對曰：「火炙誠有之，食衣則否。」即今中山已無火炙俗，惟北山猶未盡改。

嫁娶之禮，固陋已甚。世家亦有以酒肴珠貝爲聘者。婚時即用本國轎，結彩鼓樂而迎；不計妝奩，父母送至夫家即返；不宴客，至親具酒賀，不過數人。《隋書》云琉球風俗，「男女相悅，便相匹偶」，蓋其舊俗也。詢之鄭得功，鄭得功曰：「三十六姓初來時，俗尚未改。後漸知婚禮，此俗遂革。今國中有夫之婦，犯奸即殺。」余始悟琉球所以號守禮之國者，亦由三十六姓教化之力也。

註釋 ①《通典》：書名，唐代杜佑所撰，共二百卷。這部書是中國歷史上第一部體例完備的政書，也是中國首部典章制度百科全書。

譯文 根據杜氏《通典》的記載，琉球的國俗中，婦人生下孩子一定要喫掉胎衣，用火熏烤自己，讓汗出來。我向楊文鳳詢問：「是這樣嗎？」他回答說：「火烤是有的，喫胎衣的習俗就沒有。」現在，中山國已經沒有火烤的習俗了，衹有北山還沒有完全改掉舊的習慣。

娶妻嫁女的禮儀，本來是特別簡陋的。不過名門望族也有以美酒佳餚、金銀珠寶作爲聘禮的。結婚的時候就用本國的轎子，張燈結綵，笙歌奏樂來迎娶；不計較嫁妝和彩禮，父母把女兒送到夫家就返回；也不請客，至親拿著酒杯來祝賀，也不過幾個人。《隋書》裏記載琉球的風俗，「衹要男女互相喜歡，就可以結爲夫妻」，這大概是當地的舊風俗。我詢問鄭得功，鄭得功告訴我：「三十六姓剛到這裏的時候，風俗還沒有改變，後來人們漸漸知道婚嫁的禮儀，這項風俗纔有所改變。現在國家中有丈夫的婦人，如果犯了奸情就會被殺頭。」我這纔知道琉球所以號稱是守禮的國家，也是由於三十六姓的人教化的關係。

原文 小民有喪，則鄰里聚送，觀者護喪，掩畢即歸。官家則同官相知者，亦來送柩。出即歸，大都不宴客。題主官率皆用僧，男書「圓寂大禪定」，女書「禪定尼」，無考妣稱。近日官家亦有書官爵者。棺制三尺，屈身而殮之。近官家亦有長五六尺者，民則仍舊。

此邦之人，肘比華人稍短，《朝野僉載》亦謂人形短小似昆侖。余所見士大夫短小者固多，亦有修髯豐頤者，頗而長者，胖而腹腰十圍者，前言似未足信。人體多狐臭，古所謂愠羝也。

世祿之家皆賜姓。士庶率以田地爲姓，更無名，其後裔則云某氏之子孫幾男。所謂田、米，私姓也。

譯文 普通老百姓如果有喪事，鄰里聚在一起前來送葬，旁觀的人也來護送靈柩，掩埋完畢後，人們各自回家。官宦人家有喪事，一起爲官並且相交知心的人來護送靈柩，送出以後就返回，大都不請客。人們找僧侶題寫牌位，男人死了就寫「圓寂大禪定」，女人死了就寫「禪定尼」，沒有考妣的稱謂。近來，官宦人家也有寫上官爵的。棺材的規格是三尺長，蜷曲著屍體裝殮。近來官宦人家也有用五六尺長的棺材的，老百姓則仍然沿用三尺長的棺材。

這個國家的人，胳膊比中原人稍短，《朝野僉載》也說琉球人體型短小，好像昆侖人。我所看見的士大夫，身體短小的固然很多，但也有留著長鬍鬚而臉龐豐滿的，身體高大修長的，肥胖而腰粗十圍的，這樣看來，前人的說法不能完全相信。這裏的人大多有狐臭，就是古人所說的愠羝。

世代享有俸祿的人家，都是由朝廷賜姓。士人和老百姓都以田地作爲姓，更沒有名字，他們的後代就稱某氏之子孫或第幾男，所說的田、米都是私姓。

原文 國中兵刑惟三章：殺人者死，傷人及重罪徒，輕罪罰日中曬之，計罪而定其日。國中數年無斬犯；間有犯斬罪者，又率引刀自剖腹死。

七月十五夜，開窗見人家門外，皆列火炬二。詢之土人云：國俗於十五日盂祭，預期迎神，祭後乃去之。盂祭者，中國所謂盂蘭會①也。連日見市上小兒，各手一紙幡，對立招展，作迎神狀。知國俗盂祭祀先，亦大祭矣。

龜山南岸有窯，國人取車螯大蚶之殼以煅，堊灰壁不及石灰，而粘過者。再東北有池，爲國人煮鹽處。

註釋 ①盂蘭會：古時人們習慣在農曆七月初七這天祭祀祖先，以後相沿成俗。這天也是佛教徒追念在天之靈的祭日，稱「盂蘭分會」，也叫「盂蘭盆齋」。

譯文 中山國的刑法衹有三章：殺人的處死，傷人及犯重罪的強制勞動，犯輕罪的罰在中午時分暴曬，根據罪行定暴曬的時間。國內好多年沒有人被斬首；偶爾有犯了死罪的，也都是自己拿刀剖腹而死。

七月十五的夜裏，我打開窗戶看見各家門外都排列著兩把火炬。我向當地人詢問，他們說：國家的習俗是在十五日這天舉行盂祭，擺設火炬迎接神靈，祭祀之後就除去。所謂的盂祭，就是中原所說的盂蘭會。連著幾天，我看到街上的小孩每個人手裏都拿著一面紙幡，相對站著不斷搖動，作出迎神的樣子。於是我知道中山國祭盂超度祖先的風俗，這也是一個很大的祭祀活動。

龜山的南岸有灰窯，中山人用車螯和大蚶的甲殼爲原料來燒灰，粉刷牆壁比不上石灰，但是比石灰粘。再向東北有鹽池，那裏是中山人煮鹽的地方。

原文　七月二十五日，正副使行册封禮，途中觀者益衆。上萬松嶺，迤邐而東。衢道修廣，有坊，榜曰「中山道」。又進一坊，榜曰「守禮之邦」。世孫戴皮弁，服蟒衣，腰玉帶，垂裳結佩，率百官跪迎道左。更進爲歡會門，踞山巔，疊礁石爲城，削磨如壁，有鳥道，無雉堞①，高五尺以上，遠望如聚髑髏。始悟《隋書》所謂王居多聚髑髏於其下者，乃遠望誤於形似，實未至城下也。城外石厓，左鎸「龍岡」字，右鎸「虎崒」字。

註釋　①雉堞：也叫垛牆，上面有垛口，可以瞭望或者射箭。在内側的矮牆稱爲女牆，没有垛口，防止兵士往來行走時跌倒。

譯文　七月二十五日，正副使主持進行册封的典禮，沿途有很多觀看的人。使臣等上萬松嶺，綿延曲摺一直向東，道路平整寬闊，有牌坊，上面寫著「中山道」。衆人又經過一座牌坊，匾額上寫著「守禮之邦」。世孫頭戴皮弁冠，身穿蟒衣，腰間繫著玉帶，垂著衣襟掛著玉佩，率領百官跪在路的左面迎接。再往裏走就是歡會門，國王的宫殿建在山峰上，將礁石疊放在一起作爲城牆。牆壁切削打磨得就像絕壁一樣，城上有小道，但是没有雉堞，牆高五尺以上，遠遠望去就像用髑髏堆積而成。我這纔領悟到《隋書》中所說的國王居住的地方聚集了很多髑髏，是因爲遠遠望去所産生的錯覺，實際並没走到城下。城外的石崖上，右邊刻著「龍岡」二字，右面刻著「虎崒」二字。

原文　王宫西向，以中國在海西，表忠順面向之意。後東向爲繼世門，左南向爲水門，右北向爲久慶門。再進，層崖有門西北向，曰瑞泉，左右甬道，有左掖、右掖二門。更進有漏西向，榜曰「刻漏」，上設銅壺漏水。更進有門西北向，爲奉神門，即王府門也。殿廷方廣十數畝，分砌二道，由甬道進至闕廷，爲王聽政之所。壁懸伏羲畫卦像，龍馬負圖立其前，絹色蒼古，微有剝蝕，殆非近代物。北宮殿屋固樸，屋舉手可接，以處山岡，且阻海颶。面對爲南宮。此日正副使宴於北宮。大禮既成，通國歡忭。

譯文

王宮面向西建造，因爲中原朝廷在大海的西面，這樣是爲了表示忠順朝廷的意思。王城後面向東是繼世門，左面向南是水門，右面向北是久慶門。再經過一層石崖，有門向西北開著，叫作瑞泉，左右都有甬道，有左掖、右掖兩道門。再往裏走有，面向西擺

放著計時的滴漏，題寫著「刻漏」，上面放置了銅壺漏水用來計時。向裏走有一扇向西北開著的門，是奉神門，就是王府的大門。王府佔地面積有數十畝，院子中鋪設了兩條路，從甬道進入宮廷，是國王處理政務的地方。牆壁上懸掛著伏羲畫八卦的畫像，龍馬馱著八卦圖站在他的面前，畫布的顏色蒼老古舊，稍微有剝蝕的地方，大概不是近代的物品。北宮的房屋堅固樸素，站在屋子中，舉手就能摸到房頂，這是因爲屋子建在山岡上，要提防海上吹來的颶風。北宮的對面是南宮。這天，正副使在北宮大擺宴席，大禮完成以後，全國上下一片歡慶。

原文

聞國王經行處，悉有彩飾。泉崎道旁，列盆花異卉，

繞以朱欄，中刻木作麒麟形，題曰：「非龍非彪，非熊非羆，王者之瑞獸。」天妃宮前，植大松六，疊假山四，作白鶴二，生子母鹿三。池上結棚，覆以松枝，松子垂如葡萄。池中刻木鯉大小五，令浮水面。環池以竹，欄旁有坊，曰「偕樂坊」。柱懸一板，題曰：「鹿濯濯，鳥翯翯，牣魚躍。」歸而述諸副使，副使曰：「此皆《志略》所載，事隔數十年，一字不易，可謂印板文字矣。」從客皆笑。

譯文 聽說凡是國王經過的地方，都有彩色的裝飾。泉崎橋的道路兩旁，陳列著各種各樣的花卉，四周用紅色的欄杆圍起來，中間擺放著木頭雕刻的麒麟，上面題寫著：「非龍非彪，非熊非羆，王者之瑞獸。」天妃宮的前面，種著六棵大松樹，疊造了四座假山，還做了兩隻白鶴，及一隻母鹿和三隻小鹿。池子上面放置了頂棚，用松枝覆蓋，松子垂下來好像葡萄一樣。池子中有雕刻的大小鯉魚五條，鯉魚都浮在水面上。用竹子將池子圍上，欄杆旁有坊，叫作「偕樂坊」。柱子上掛著一塊木板，上面寫著：「鹿濯濯，鳥翯翯，牣魚躍。」回來以後，我向副使講述了那裏的情況，副使說：「這些都是《志略》上記載的，已經隔了數十年了，一個字也沒改動過，真可謂印版文字了。」其他的客人聽了都笑了。

原文 宜野灣縣有龜壽者，事繼母以孝，國人莫不聞。母愛所生子，而短龜壽於其父伊佐前，且不食以激其怒。伊佐惑之，欲死龜壽，將令深夜汲北宮，要而殺之。僕匿龜壽於家，往諫伊佐，伊佐縛而放之。且謂事已露，不可殺，乃逐龜壽。龜壽既被放，欲自盡，又恐張母惡。值天雨雹，病不支，僵臥於路。巡官見之，近而撫其體猶溫，知未死，覆以己衣。漸甦，徐詰其故，龜壽不欲揚父母之惡，飾詞告之。

【譯文】宜野灣縣有個叫龜壽的人，這個人對繼母特別孝順，中山國的人沒有不知道這個故事的。繼母偏愛自己所生的兒子，並在龜壽的父親伊佐面前說龜壽的壞話，還用不喫飯來激怒伊佐。伊佐受到迷惑，想要殺死龜壽，就準備讓龜壽在深夜到北宮去打水，然後乘機殺死他。僕人把龜壽藏在家裏，前往勸諫伊佐，伊佐把僕人綁起來，後來又放了僕人。但是伊佐認爲事情已經敗露，不能再殺龜壽了，衹能把他趕走。龜壽被趕出了家門，他想要自殺，又害怕別人知道繼母的惡名。正趕上天上下起了冰雹，龜壽生病，體力不支，倒下躺在地上。巡察的官員看見了，走近摸了摸龜壽，發現他仍然有體溫，知道他沒有死，就把自己的衣服脫下蓋在龜壽的身上。龜壽漸漸醒了過來，巡查官慢慢向他詢問原因，龜壽不想張揚父母的惡名，就對巡查官說了假話。

【原文】初，巡官聞孝子龜壽被放，意不平。至是見言語支吾，疑即龜壽，賜衣食令去，密訪得其狀。乃傳集村人，縶伊佐妻至，數其罪而監之。將告於王，龜壽願以身代。巡官不忍傷孝子心，召伊佐夫婦面諭之。婦感悟，卒爲母子如初。副使既爲之記，余復爲詩以表章之。詩云：「輶軒問俗到球陽，潛德端須爲闡揚。誠孝由來能感格，何殊閔損與王祥！」以爲事繼母而不能盡孝者勸。

譯文　起初，巡查官聽說孝子龜壽被趕出家，心裏就覺得非常不平。這次，巡查官發現這個人說話支支吾吾，就懷疑他是龜壽，於是，賜給他衣服、食物讓他離開。之後，巡查官通過密訪知道情況，就傳訊召集村子裏的人，把伊佐的妻子綁到會場，歷數她的罪證，宣佈將其收監。正準備向國王稟告，龜壽表示願意代替母親受罰，巡查官不忍心傷害孝子的一片苦心，把伊佐夫婦叫來，當面訓斥教育。龜壽的繼母受到感動而醒悟，終於和龜壽和好如初。副使爲龜壽作了傳記，我也寫詩表彰他的孝心。詩中寫道：「輶軒問俗到球陽，潛德端須爲闡揚。誠孝由來能感格，何殊閔損與王祥！」我用這件事來勸勉那些侍奉繼母不能盡孝的人。

原文　經迭山墟，方集，因步行集中。觀所市物，薯爲多，亦有魚、鹽、酒、菜、陶、木器、蕉苧、土布，粗惡無足觀者。國無肆店，率業於其家。市貨以有易無，不用銀錢。聞國中多用日本寬永錢，比來亦不見。昨香厓攜示串錢，環如鵝眼，無輪廓，貫以繩，積長三寸許，連四貫而合之，封以紙，上有鈐記。此球人新製錢，每封當大錢十。蓋國中錢少，寬永錢銅質較美，恐或有人買去，故收藏之，特製此錢應用。市中無錢以此。

譯文　經過迭山墟的時候，正趕上日集，我於是步行到集市中。我看到集市上賣的東西，薯類最多，也有魚、鹽、酒、菜、陶瓷、木器、蕉苧、土布，大多低劣沒甚麼值得一看的。國內沒有專門的店鋪，所有的交易都是在自己家裏進行。貨物交易就是用自己有的東西換取沒有的，不用銀錢。聽說中山國大多用日本的寬永錢，這次來了也沒看到。昨天香厓拿了串錢給我看，好像鵝眼一樣的圓環，沒有輪廓，用繩子穿起來，摞起來有三寸多長，把四串合穿起來，用紙封住，在上面蓋上專用的印記。這是琉球人自己新製作的錢幣，每一封相當於大錢十枚。大概是因爲國內的錢很少，寬永錢銅質比較好，恐怕有人買去佔爲己有，所以人們把它收藏起來，特意製作了這種錢，所以集市中沒有錢。

原文　國中男逸女勞，無有肩擔背負者。趨集、織紉，及采薪、運水，皆婦人主之，凡物皆戴之頂。

女衣既無鈕無帶，又不束腰，而國俗男女皆無褌，勢須以手曳襟。襟較男衣長，疊襟下爲兩層，風不得開。因悟髻必偏墜者，以手既曳襟，須空其頂以戴物。童而習之，雖重百觔，登山涉澗，無傾側。是國中第一絕技也。其動作也，常捲兩袖至背，貫繩而束之。髮垢輒洗，洗用泥，脫衣結於腰，赤身低頭，見人亦不避。抱兒惟一手，又置腰間，即耤以曳襟。

譯文　中山國的男人安逸，女人辛勞，沒有肩擔背負的現象。人們趕集、紡織、縫紉，及打柴、運水，都是由婦女來承擔，所有的東西都頂在頭上。

女人的衣服沒有紐扣也沒有衣帶，也不把腰束起來，並且國內的習俗是，男人和女人都不穿褲子，這就需要用手拽住衣襟，女人的衣襟比男人的長，衣襟下擺疊起來成爲兩層，風也不能吹開。我於是明白婦女的髮髻一定要偏墜到一邊，是因爲手已經拽了衣襟，必須空出頭頂來頂東西。她們從兒童的時候就開始練習，即使重達百斤的物品，她們也能頂住，而且登山過河，也不會傾覆偏側，這是中山國的第一絶技。婦女在勞動的時候，常常將兩個衣袖捲到背上，穿上繩子紮住。頭髮髒了立即清洗，但是她們用泥洗，把衣服脱掉繫在腰間，光著上身低著頭，見了人也不躲避。抱小孩的衹用一隻手，又放在腰間，同時藉以拽住衣襟。

原文 東苑在崎山，出歡會門，摺而北，逐瑞泉下流，至龍淵橋，匯而爲池，廣可十丈，長可數十丈，捍以堤，曰「龍潭」。水清魚可數，荷葉半倒。再摺而東，有小村，篠屏修整，松蓋陰翳，薄雲補林，微風嘯竹。園外已極幽趣。入門，板亭二，南向。更進而南，屋三楹，亭東有阜如覆盂。摺而南，有岩西向，上鎸梵字。下蹲石獅一，飾以五采。再下，有小方池，鑿石爲龍首，泉從口出。有金魚池，前竹萬竿，後松百挺。再東，爲望僊閣。前有「東苑閣」，後爲「能仁堂」。東北望海，西南望山。國中形勝，此爲第一。

譯文 東苑在崎山，我們出了歡會門，再向北走，沿著瑞泉的流向，我們到了龍淵橋，那裏的泉水匯聚在一起成爲水池，大約有十丈寬，長也有幾十丈，在水邊築有護堤，水潭名爲「龍潭」。水清澈見底，能看到裏面的小魚，荷葉半數已經倒下。再摺向東，有個小村子，小竹子像屏風一樣修長整齊，松樹的冠蓋濃蔭籠罩，薄雲飄過來填補了林中的空隙，微風吹動竹子發出陣陣呼嘯。東苑外面已經有特別優雅的情趣了。進入園門，有兩座板亭，面向南面。再向南走，有三間屋子。在亭子東面有一座像倒扣著盆盂的小土山。從這裏向南走，有面向西的岩石，上面刻著梵文，下面蹲著一座石獅子，用各種顏色裝飾著。再往下有一個方形的池子，用石頭鑿成龍頭，泉水就從龍口中流出。有金魚池，前面種著許多竹子，後面種著很多松樹。向東就是望僊閣，閣的前面有東苑閣，後面是能仁堂，東北方向可以眺望大海，西南面可以仰望高山。中山國的名勝風景，東苑排第一。

原文　南苑之勝，亦不減於東苑。苑中馬富盛，摺而東，循行阡陌①間，水田漠漠，番薯油油，絕無秋景。薯有新種者，問知已三收矣。再入山，松陰夾道，茅屋參差，田家之景可畫。計十餘里，始入苑村，名姑場川，即同樂苑也。苑踞山脊，軒五楹，夾室爲複閣，頗曲摺。軒前有池，新鑿，狹而東西長，疊礁爲橋。橋南新阜纍纍，因阜以爲亭，宜遠眺。亭東植奇花異卉。有花絕類蝴蝶，絳紅色，葉如嫩槐，曰「蝴蝶花」；有松葉如白毛，曰「白髮松」。池東，舊有亭圯，以布代之。池西有閣，頗軒敞，四面風來，宜納涼。有閣曰「迎暉」，有亭曰「一覽」，即正副使所題也。軒北有松，有鳳蕉，有桃，有柳。黄昏舉煙火，略同中國。

註釋　①阡陌：田界，田間小路。

譯文　南苑的美景，也不比東苑差。苑中的馬很多且強壯，摺向東，沿著田間小路前行，衹見水田一望無際，番薯綠油油一片，絲毫感覺不到秋天的氣息。番薯有新種的，問過當地的人纔知道已經收獲三次了。再向前走，進入山中，路的兩旁種著松樹，茅屋參差不齊，農家的景色完全可以入畫了。走了十多里，纔進入西苑村，村名叫姑塲川，就是同樂苑。苑建在山脊處，有五間軒房，房屋隔開形成複閣，結構很曲摺。軒前有一個新鑿的水池，東西狹長，上面還有用礁石做成的小橋。橋的南面有新堆成的小土山，還有接著土山修建的亭子，站在裏面可以向遠處眺望。亭子的東面種著奇花異草。有一種花的形狀和蝴蝶非常像，絳紅色，葉子和槐樹的葉子相像，名叫「蝴蝶花」；有一種松樹的葉子像白毛，名叫「白髮松」。池子的東面原來有帶亭子的小橋，現在用布畫代替。池子的西面有閣樓，非常寬敞，四面的風吹來，人可以在裏面乘涼。還有叫「迎暉」的閣樓，有叫「一覽」的亭子，都是正副使最近題寫的。軒房的北面有松樹、鳳蕉、桃樹、柳樹。黄昏的時候，人們生火做飯，情況和中原的習俗相似。

原文　余偕寄塵遊坡上。板閣無他神，惟掛銅片幡，上鑿「奉寄御幣」字，後署云「元和二年壬戌」。或疑爲唐時物，非也。按，元和二年爲丁亥，非壬戌也。日本馬場信武，撰《八卦通變指南》，內列「三元指掌」，云：「上元起永祿七年甲子，止元和三年癸亥；如元起寬永元年甲子，止元和三年癸亥；下元起貞享元年甲子。今元祿十六年癸未。」國中既行寬永錢，證以元和日本僭號，知琉球舊曾奉日本正朔，今諱言之歟？

紙鳶製無精巧者，兒童多立屋上放之。按中國多放於清明前，義取張口仰視，宣導陽氣，令兒少疾。今放於九月，以非九月紙鳶不能上，則風力與中國異。即此可驗球陽氣暖，故能十月種稻。

譯文　我和寄塵結伴到坡上遊覽。板閣中沒有供奉神明，衹掛著銅片做成的幡，上面鑿著「奉寄御幣」的字樣，後面署有「元和二年壬戌」。有人懷疑是唐朝的東西，其實並不是。據考證，唐代元和二年爲丁亥，並不是壬戌。日本人馬場信武編撰的《八卦通變指南》中列出「三元指掌」一節，其中提到：「上元起於永祿七年甲子，止於元和三年癸亥；如元起於寬永元年甲子，止於元和三年癸亥；下元起於貞亨元年甲子。現在是元祿十六年癸未。」中山國中既然通行寬永錢，元和就是日本僭用的年號，這樣可以知道琉球以前曾經向日本稱臣納貢，是今天忌諱不說嗎？

風箏的製作都不怎麼精巧，兒童多站在屋頂上放風箏。中原的習俗都是在清明前放風箏，意思是取放風箏必須張嘴仰頭看，適宜宣導陽氣，小孩子就會少生病。現在琉球在九月放風箏，不是說九月不能放風箏，而是這裏的風力和中原不同。通過這件事就能說明琉球陽氣暖，所以可以在十月種稻。

原文　國俗男欲爲僧者，聽之。既受戒，有廩給；有犯戒者，飭令還俗，放之別島。女子願爲土妓者，亦聽。接交外客，女之兄弟，仍與外客敘親往來，然率皆貧民，故不以爲恥。若已嫁夫而復敢犯奸者，許女之父兄自殺之，不以告王；

即告王，王亦不赦。此國中良賤之大防①，所以重廉恥也。

此邦有紅衣妓，與之言不解。按拍清歌，皆方言也。然風韻亦正有佳者，殆不減憨園。近忽因事他遷，以扇索詩，因題二詩以贈之。詩云：「芳齡二八最風流，楚楚腰身剪剪眸。手抱琵琶渾不語，似曾相識在蘇州。」「新愁舊恨感千端，再見真如隔世難。可惜今宵好明月，與誰共捲繡簾看？」

註釋 ①大防：底線。

譯文 在中山國的習俗中，男子要想當和尚，就要尊重他的意願。一旦受戒，國庫就會供給他生活費；如果觸犯了戒律，就要飭令他還俗，流放到別的島上。女子如果願意做妓女，也要聽從她的意願。妓女接待過的嫖客，她的兄弟仍然會以親戚關係和嫖客來往，然而他們大多是貧民，因此不覺得這麼做是恥辱。如果是已經出嫁的女子膽敢有奸情的，準許女子的父親、兄弟殺死她，可以不用向國王稟告；即使告訴國王，國王也不會赦免。這是琉球國中良民和賤民的根本界限，用它來教育人民看重廉恥。

這個國家有一位紅衣妓女，和她說話她一句也聽不懂，按照節拍唱歌，用的都是方言。然而她的確有風韻，幾乎和憨園不相上下。最近幾天，她忽然有事要搬到別的地方，拿著扇子向我索要題詩，我於是就寫了兩首送給她。詩中寫道：「芳齡二八最風流，楚楚腰身剪剪眸。手抱琵琶渾不語，似曾相識在蘇州。」另一首是：「新愁舊恨感千端，再見真如隔世難。可惜今宵好明月，與誰共捲繡簾看？」

原文

國人率恭謹，有所受，必高舉爲禮。有所敬，則俯身搓手而後膜拜。勸尊者酒，酌而置杯於指尖以爲敬，平等則置手心。

此邦屋俱不高，瓦必甌，以避颶也。地板必去地三尺，以避濕也。屋脊四出，如八角亭。四面接修，更無重構複室，以省材也。屋無門戶，上限刻雙溝，設方格，糊以紙，左右推移，更不設暗閂，利省便，恃無盜也，臨街則設矣。神龕置青石於爐，實以砂，祀祖神也。國以石爲神，無傳真也。瓦上瓦獅，《隋書》所謂「獸頭骨角」也。壁無粉墁，示樸也。貴家間有糊砑粉花箋，習華風，漸奢也。

譯文

琉球國的人都恭敬謹慎，在接受東西的時候，一定高高舉起表示禮貌。遇到尊貴的人，就俯下身去搓著手然後跪下舉起雙手行禮。勸尊貴的人飲酒，就把酒杯斟滿用指尖拿著表示敬意，對於地位平等的人就放在手心上。

這個國家的房屋都不高，而且一定用板瓦，避免被颶風吹走。地板一定與地面有三尺的距離，以避免潮濕。屋脊向四面伸出，像八角的亭子。四面連接著修築，沒有重復的結構和套室，是爲了節省材料。屋子沒有門，在上沿刻出雙溝，安設方形的格子，用紙糊上，可以左右推移，也沒有門閂，利於節省方便，全仗著這裏沒有盜賊，臨街的房子就設置門閂了。神龕放在火爐上的青石上，用砂填充，是用來供奉祖先牌位的。這個國家把石頭當做神，沒有畫像。房上有用瓦做的獅子，就是《隋書》中所說的「獸頭骨角」。牆壁不用粉刷，是爲了顯示樸素。富貴人家有糊研粉花箋的，學的是中國的風氣，漸漸變得奢華了。

原文 龜山有峰獨出，與眾山絕。前附小峰，離約二丈許。邦人駕石爲洞，連二山，高十丈餘，結布幔於洞東。不憩，拾級而登，行洞上。又十餘級，乃陟巔。巔恰容一樓，樓無名，四面軒豁，無戶牖。副使謂余曰：「茲樓俯中山之全勢，不可無名。」因名之曰「蜀樓」，並爲之跋曰：「蜀者何？獨也。樓何以蜀名？以其踞獨山也。不曰獨而曰蜀者，以副使爲蜀人。樓構已百年，而副使乃名之，若有待也。」樓左瞰青疇，右扶蒼石，後臨大海，前揖中山，坐其中以望，若建瓴焉。余又請於副使曰：「額不可無聯。」副使因書前四語付之。歸路，循海而西，崖洞溪壑，皆奇峭，是又一勝遊矣。

譯文 龜山上有一座峰獨自突出，與眾山十分不同。前面依附著一座小峰，與主峰相距二丈多遠。中山國的人用石塊架成洞，將兩山連接起來，高十丈多，在洞的東面挽著布幔。我們不休息，一級一級走上去，走到洞的上面。又登了十幾級臺階，繞到了頂峰。頂峰正好能容下一座樓，樓沒有名字，四面寬闊豁然，沒有窗戶。副使對我說：「從這座樓上可以俯瞰中山的全貌，不能沒有名字。」於是將其命名爲「蜀樓」，並爲樓寫了跋：「爲甚麼叫蜀？就是獨。爲甚麼用蜀字作爲樓名呢？因爲它獨自佔據了這座山。不用獨字而用蜀字，是因爲副使是蜀地人。這座樓已經建造了上百年，而副使到這裏纔有了名字，似乎是有所等待。」從樓的左邊可以鳥瞰青青的田野，右邊靠著蒼勁的岩石，後邊與大海相臨，前面與中山正對，坐在樓中遠望，有如高屋建瓴。我又向副使請求説：「樓有了額不能沒有對聯。」副使於是寫下前邊引用的四句話掛在樓上。回來的路上，我們沿著海岸向西走，懸崖、山洞、溪流、溝壑，都奇特峻峭，是又一次快意的遊覽。

原文 越南山，度絲滿村，人家皆面海，奇石林立。遵海而西，有山，翠色攢空，石骨穿海，曰砂嶽。時午潮初退，白石粼粼，群馬爭馳，飛濺如雨。再西，度大嶺村，叢棘爲籬，漁網數百曬其上。村外水田漠漠，泥淖陷馬，有牛放於罔。汪《錄》謂馬耕無牛，今不盡然也。

本島能中山語者，給黃帽，爲酋長。歲遣親雲上監撫之，名奉行官，主其賦訟，各賦其土之宜，以貢於王。間切者，外府之謂。首里、泊、久米、那霸四府爲王畿，故不設。此外皆設，職在親民，察其村之利弊，而報於親雲上。間切，略如中國知府。中山屬府十四，間切十。山南省屬府十二，山北省屬府九，間切如其府數。

譯文 翻越南邊的山，從絲滿村中走過，這裏的人家都面向大海居住，奇特的石頭林立。沿著海岸向西，有一座山，蒼翠的山峰矗立在半空，山石的骨脈深入大海，名叫砂嶽。這時，午潮剛剛退去，白色的石頭閃著粼粼的光，一群馬爭搶著跑過，濺起的水花像下雨一樣。再向西，穿過大嶺村，這裏的人用叢生的荊棘做成籬笆，把幾百張漁網放在上面曬。村外的水田廣闊無邊，泥淖陷住了馬蹄，有人在岡上放牛。汪氏在《錄》中說這裏用馬耕地，沒有牛，如今看來不全對。

這座島上會說中山語的，官府會發給黃帽子，任命他爲酋長。每年派遣親雲上監督和安撫各地方，名叫奉行官，主管賦稅和訴訟，各自從地方收集特產給國王進貢。間切，是外府官員的稱呼。首里、泊、久米、那霸四府是王都的近郊，所以不設間切，其他地方都設。他們的職責是親近民衆，考察所轄村的利弊，然後向親雲上報告。間切，大致相當於中國的知府。中山下屬十四府，設十個間切。山南省下屬十二府，山北省下屬九府，間切的數目和府數相同。

原文 國俗自八月初十至十五日，並蒸米，拌赤小豆，爲飯相餉，以祭月。風同中國。是夜，正副使邀從客露飲。月光澄水，天色拖藍，風寂動息，潮聲雜絲竹聲，自遠而至。恍置身三山①，聽子晉②吹笙，麻姑③度曲，萬緣俱靜矣。宇宙之大，同此一月。回憶昔日蕭爽樓中，良宵美景，輕輕放過，今則天各一方，能無對月而興懷乎？

註釋 ①三山：傳說中海上的三座山，分別是蓬萊、方丈、瀛洲，是神僊居住的地方。②子晉：又稱太子晉、王子喬，周靈王太子，王氏始祖，喜好吹笙。③麻姑：道教神話人物。

譯文 中山國的風俗從八月初十到十五，人們都蒸米，拌赤小豆，作爲飲食互相饋贈，用來拜祭月亮。風俗和中國相同。那天晚上，正副使邀請隨從露天飲酒。月光清澈如水，天空的顏色很藍，無風而寂靜，潮水聲伴著絲竹演奏的樂聲從遠處飄來。恍惚間，彷佛置身僊境，聽子晉吹笙，麻姑彈曲，萬般塵緣皆歸於靜滅。宇宙這麼大，同是這一輪明月。回憶往日在蕭爽樓中的良宵美景，已被我輕輕放過，如今天各一方，怎麼能不對月而感嘆呢？

原文 世傳八月十八日，爲潮生辰。國俗，於是夜候潮坡上。子刻，偕寄塵至波上，草如碧毯，霑露愈滑，扶僕行，憑垣倚石而坐。丑刻，潮始至，若雲峰萬疊，捲海飛來。須臾，腥氣大盛，水怪搏風，金蛇掣電，天柱欲折，地軸暗搖，雪浪濺衣，直高百尺，未敢遠窺鮫宮，已若有推而起之者。迷離惝恍，千態萬狀。觀此，乃知枚乘《七發》，猶形容未盡也。潮既退，始聞噌吰之聲出礁石間。徐步至護國寺，尚似有雷霆震耳。潮至此，觀止矣。

譯文 世上傳說八月十八日是海潮的生日。中山國的風俗是，當天夜裏在波上等候海潮到來。午夜，我帶著寄塵來到坡上，草地像碧綠的毯子，霑上露水就更加光滑，扶著僕人行走，在靠著牆邊的石頭上坐下。丑時，海潮纔出現，有如萬座疊起的雲峰，捲著海水飛奔而來。不一會兒，海腥氣味特別大，好像有水怪將風搏在一起，閃電有如金蛇，天柱彷佛要折斷，地軸在暗中搖動，雪片一樣的浪花濺在衣服上，垂直飛起有百尺高，不敢貿然窺視龍宮，就已經似乎有一股力量將你推起了。在迷離恍惚間，覺得海潮的姿態千變萬化。看到這種景象，纔知道枚乘《七發》中的形容還不夠。潮水退去後，纔聽到礁石間發出了轟鳴的聲音。緩步走回護國寺，耳邊似乎依然響著雷霆聲。海潮達到這種程度，令人嘆爲觀止。

原文 元旦至六日，賀節。初五日，迎竈。二月，祭麥神。十二日，浚①井，汲新水，俗謂之洗百病。三月三日，作艾糕。五月五日，競渡。六月六日，國中作六月節，家家蒸糯米，爲飯相餉。十二月八日，作糯米糕，層裹棕葉，蒸以相餉，名曰鬼餅。二十四日，送竈。正、三、五、九爲吉月，婦女率遊海畔，拜水神祈福。逢朔日，群汲新水獻神。此其略也。余獨疑國俗敬佛，而不知四月八日爲佛誕辰；臘八鬼餅如角黍，而不知七寶粥。

註釋 ①浚：深挖。

譯文 從元旦到初六，慶賀春節。初五那天迎竈王。二月，祭麥神。十二日，挖水井，打新水，民間稱之爲洗百病。三月初三日，做艾糕。五月初五日，有龍舟比賽。六月初六日，中山國叫六月節，每家都蒸糯米，作爲食物互相饋贈。十二月八日，做糯米糕，裹著一層層的棕葉，蒸熟了互相贈送，名叫鬼餅。二十四日，送竈王。正月、三月、五月、九月是吉月，婦女都到海邊遊玩，拜水神求福。每逢初一，人們就一起打新水獻神。這是琉球國大致的風俗。我祇是有些疑問，中山國的風俗中敬重佛教，但不知四月初八日是佛祖的誕辰；臘八的鬼餅像角黍，卻不知七寶粥。

原文 國王送菊二十餘盆，花葉並茂，根際皆以竹簽標名。内三種尤異類：一名「金錦」，朵兼紅、黃、白三色，小而繁，燦如列星；一名「重寶」，瓣如蓮而小，色淡紅；一名

「素球」，瓣寬，不類菊，重疊千層，白如雪。皆所未見者，媵之以詩，詩云：「陶籬韓圃多秋色，未必當年有此花。似汝幽姿真可惜，移根無路到中華。」

見獅子舞，布爲身，皮爲頭，絲爲尾，剪綵如毛飾其外，頭尾口眼皆活，鍍睛貼齒。兩人居其中，俯仰跳躍，相馴狎歡騰狀。余曰：「此近古樂矣。」按《舊唐書·音樂志》，後周武帝①時，造太平樂，亦謂之五方獅子舞。白樂天《西涼妓》云：「假面夷人弄獅子，刻木爲頭絲作尾。金鍍眼睛銀貼齒，奮迅毛衣擺雙耳。」即此舞也。

註釋 ①後周武帝：應爲北周武帝，即宇文邕。

譯文 國王送給我們二十多盆菊花，花和葉都很茂盛，根部都用竹

簽標上名字。其中有三種特別與衆不同：一種名叫「金錦」，花朵有紅、黃、白三種顏色，小而繁多，燦爛得像滿天的星星；一種名叫「重寶」，花瓣像蓮花但要小些，淡紅色；一種名叫「素球」，花瓣很寬，不像菊花，千層重疊，白得像雪。這些都是我們從來沒見過的，於是爲此作了首詩：「陶籬韓圃多秋色，未必當年有此花。似汝幽姿真可惜，移根無路到中華。」

看到過當地的獅子舞，用布做成獅子身，用皮做成獅子頭，用絲做成獅子尾，把彩綢剪成毛狀裝飾在外面，頭尾口眼都可以活動，把眼睛鍍成金色，貼上牙齒。兩人藏在獅子裏面，起伏跳躍，伴著樂曲做出親昵馴服歡騰的樣子。我說：「這很接近古樂了。」按照《舊唐書·音樂志》的記載，北周武帝的時候，創造了太平樂，也叫作

五方獅子舞。白樂天在《西涼妓》中寫道：「假面夷人弄獅子，刻木爲頭絲作尾。金鍍眼睛銀貼齒，奮迅毛衣罷雙耳。」就是這種舞。

原文 此邦有所謂「踏柁戲」者，橫木以爲梁，高四尺餘，復置板而橫之，長丈有二尺，虛其兩端，均力焉。夷女二，結束衣彩，赤雙足，各手一巾，對立相視而歌。歌未竟，躍立兩端。稍作低昂，勢若水碓之起伏，漸起漸高。東者陡落而激之，則西飛起三丈餘，翩翩若輕燕之舞於空也。西者落而陡激之，則東者復起，又如鷙鳥之直上青雲也。疊相起伏，愈激愈疾，幾若山雞舞鏡，不復辨其孰爲影，孰爲形焉。俄焉，勢漸衰，機漸緩，板末乃安，齊躍而下，整衣而立。終戲，無虛蹈方寸者，技至此絕矣。

譯文 這個國家還有一種所謂的「踏柁戲」，將木料橫起來做梁，高四尺多，再在上面橫放木板，長一丈二尺，兩端懸空，保持平衡。當地的兩名女子，穿好表演時的服裝，光著兩隻腳，每人手拿一條毛巾，相對站著，互相看著唱歌。歌還沒唱完，就跳起來站在木板的兩端。輕輕地蹲下再站起來，木板就像水碓一樣起伏，漸漸變高。東邊的那個女子急速下落撞擊橫板，西邊的那個女子就飛起三丈多高，像燕子一樣在空中翩翩飛舞。西邊那個女子下落後又突然撞擊橫板，東邊那個女子就又飛起來，像鷙鳥直衝向青雲之上。她們交替起落，越撞擊速度越快，幾乎就像山雞在鏡子前跳舞，不再能分清哪個是影子，哪個是形體了。一會兒，勢頭漸漸衰減，動作漸漸變慢，在木板尚未完全隱定下來時，兩名女子一起跳了下來，整理衣服站好。直到表演結束，沒有踩空和亂了方寸的人，演技達到這樣的境界，真是絕了。

原文 接送賓客頗真率，無揖讓之煩。客至不迎，隨意坐。主人即具菸架、火爐、竹筒、木匣各一，横菸管其上，匣以菸，筒以棄灰也。遇所敬客，乃烹茶，以細末粉少許雜茶末，入沸水半甌①，攪以小竹帚，以沫滿甌面爲度。客去，亦不送。貴官勸客，常以箸蘸漿少許，納客唇以爲敬。燒酒著黃糖則名福，著白糖則名壽，亦勸客之一貴品也。

重陽具龍舟競渡於龍潭。琉球亦於五月競渡，重陽之戲，專爲宴天使而設。因成三詩以誌之，詩云：「故園辜負菊花黃，萬里迢迢在異鄉。舟泛龍潭看競渡，重陽錯認作端陽。」「去年秋在洞庭灣，親摘黃花插翠鬟。今日登高來海外，累伊獨上望夫山。」「待將風信泛歸槎，猶及初冬好到家。已誤霜前開菊宴，還期雪裏訪梅花。」

註釋 ①甌：杯。

譯文 琉球人接待客人十分直率，沒有作揖禮讓等煩瑣的禮節。客人來了並不迎接，客人可以隨意坐下。主人隨即準備煙架、火爐、竹筒、木匣各一個，將菸管橫在上面，匣子裏放著煙，筒是用來盛菸灰的。遇到要尊敬的客人，就烹茶，用少許細末粉與茶葉末摻雜在一起，倒入半杯沸水，用小竹帚攪拌，以泡沫佈滿杯子表面的限度。客人離開，也不送。尊族和官員招待客人，常用箸蘸少許酒漿，放在客人的嘴唇上表示敬重。燒酒加黃糖就叫作「福」，加白糖就叫作「壽」，也是招待客人的一種貴重物品。

重陽節那天，打造了龍舟在龍潭上比賽。琉球國也在五月舉辦龍舟比賽。重陽節的節目是專門爲招待天朝的使者而設的。我於是做了三首詩記下這件事，詩裏說：「故園辜負菊花黃，萬里迢迢在異鄉。舟泛龍潭看競渡，重陽錯認作端陽。」「去年秋在洞庭灣，親摘黃花插翠鬟。今日登高來海外，累伊獨上望夫山。」「待將風信泛歸槎，猶及初冬好到家。已誤霜前開菊宴，還期雪裏訪梅花。」

原文 聞程順則①曾於津門購得宋朱文公②墨蹟十四字，今其後裔猶寶之。借觀不得，因至其家。開卷，見筆勢森嚴，如奇峰怪石，有岩岩③不可犯之色。想見當日道學氣象。字徑八寸以上，文曰：「香飛翰苑圍川野，春報南橋疊萃新。」後有名款，無歲月。文公墨蹟流傳世間者，莫不寶而藏之。蓋其所就者大，筆墨乃其餘事，而能自成一家言如此。知古人學力，無所不至也。

又遊蔡清派家祠。祠内供蔡君謨④畫像，並出君謨墨蹟見示，知爲君謨嫡派，由明初至琉球，爲三十六姓之一。清派能漢語，人亦倜儻。由祠至其家，花木俱有清致，池圓如月，爲額其室曰「月波大屋」。

註釋 ①程順則：琉球著名政治家、文學家和教育家，被琉球人稱爲「名護親方」（「名護」是地名，「親方」即師傅）。②宋朱文公：指南宋理學家朱熹。③岩岩：高大威嚴。④蔡君謨：蔡襄，字君謨，與蘇軾、黃庭堅和米芾並稱宋代四大書法家。

【譯文】聽說程順則曾經在天津買到了宋代朱文公的墨蹟，共十四個字，如今他的後代還珍藏著。我想借來看，卻沒有成功，於是來到他的家裏。打開卷軸，看見筆勢森嚴，像奇峰怪石，有威嚴不可侵犯的氣象。可見當年道學家的氣度。字的大小在八寸以上，內容是：「香飛翰苑圍川野，春報南橋疊萃新。」後面有名字落款，沒有年月日。朱文公的墨蹟流傳到世間的，沒有不當做寶貝收藏起來的。他一生的成就很大，寫字祇是業餘時的事，卻也能像這樣自成一家之言。可見古人的學力沒有達不到的地方。

我又遊覽了蔡清派家族的祠堂。祠內供著蔡君謨的畫像，主人還拿出君謨的墨蹟給我看，我知道他們是君謨的嫡系宗派，於明朝初年來到琉球，是三十六姓之一。清派會說漢語，人也風流倜儻。

從祠堂到他家，花草樹木都清新雅致，有個池子像月亮一樣圓，房間的匾額寫著「月波大屋」。

【原文】大抵球人工剪剔樹木，疊砌假山，故士大夫家率有丘壑以供遊覽。庭中樹長竿，上置小木舟，長二尺，桅舵帆檣皆備。首尾風輪五葉，掛色旗以候風。渡海之家，率預計歸期。南風至，則闔家歡喜，謂行人當歸，歸則撤之。即古五兩旗遺意。

國王有墨長五寸，寬二寸。有老坑端硯，長一尺，寬六寸，有「永樂四年」字，硯背有「七年四月東坡居士留贈潘邠老」字。問知爲前明受賜物。國中有東坡詩集，知王不但寶其硯矣。

譯文 大多數琉球人都擅長修剪樹木，疊砌假山，所以官員家裏都有假山溝池供人遊覽。庭院裏樹起長竿，上面放置小木船，長度爲二尺，桅舵帆櫓都很齊備。船的首尾設置風信輪五片，掛著五色的旗，用來等候風向改變。有人出海的家庭，都用它來預計家人的歸期。南風一到，全家都高興，認爲遠行的人就要回來了，回來後就把風信輪撤掉。這就是古時候五兩旗遺風。

國王有一塊墨碇，長五寸，寬二寸。有一塊老坑端硯，長一尺，寬六寸，上有「永樂四年」字樣，硯的背面有「七年四月東坡居士留贈潘老」字樣。經詢問得知這是前朝明代時接受的皇帝賞賜。國內有東坡詩集，知道中山王不是祇珍愛這塊硯臺。

原文 棉紙、清紙，皆以穀皮爲之，恐不中書者。有護書紙，大者佳，高可三尺許，闊二尺，白如玉；小者減其半。亦有印花詩箋，可作劄。別有圍屏紙，則糊壁用矣。徐葆光《球紙》詩云：「冷金入手白於練，側理海濤凝一片。崑刀截截徑尺方，疊雪千層無冪面。」形容殆盡。

南炮臺間，有碑二：一正書，剝蝕甚微，「奉書造」三字；一其國字書。前朝嘉靖二十一年建，惟不能盡識。其筆力正自道勁飛舞。

有木曰山米，又名野麻姑，葉可染，子如女貞，味酸，土人榨以爲醋。球醋純白，不甚酸，供者以爲米醋，味不類，或即此果所榨歟？

譯文 棉紙、清紙都是用穀皮造的，都是劣質不能用來書寫的。有護書紙，大的品質好，高可達三尺以上，寬二尺，白得像玉一樣；小的要小一半。也有印花詩箋，可以用來作信劄。另外還有圍屏紙，就是糊牆用的了。徐葆光《球紙》詩說：「冷金入手白於練，側理海濤凝一片。崑刀截截徑尺方，疊雪千層無羃面。」將其特點描寫得很全面。

南炮臺之間有兩座碑：一座碑的碑文是用漢文書寫的，剝蝕的程度十分輕微，上有「奉書造」三個字；一座碑的碑文是用中山國的文字書寫的。碑是前朝嘉靖二十一年立的，祇是不能完全認識。碑文的筆力也是遒勁飛舞。

有一種樹叫作山米，也叫作野麻姑，葉子可作染料，結的子像女貞子一樣，味道是酸的，當地人用它榨汁做成醋。琉球的醋是純白色的，不是特別酸，用來進供的被認爲是米醋，味道卻不一樣，也許就是這種果實所榨的吧？

原文　席地坐，以東爲上，設氈。食皆小盤，方盈尺，著兩板爲腳，高八寸許。肴凡四進，各盤貯而不相共。三進皆附以飯，至四肴乃進酒二，不過三巡。每進肴止一盤，必撤前肴而後進其次肴。飯用油煎面果，次肴飯用炒米花，三肴用飯。每供肴酒，主人必親手高舉，置客前，俯身搓手而退。終席，主人不陪，以爲至敬。此球人宴會尊客之禮，平等乃對飲。大要球俗，席皆坐地，無椅桌之用，食具如古俎豆①，肴盡乾製，無所用勺。雖貴官家食，不過一肴、一飯、一箸；箸多削新柳爲之。即妻子不同食，猶有古人之遺風焉。

註釋

①俎豆：祭祀和宴客時用的器具。《史記·孔子世家》：「常陳俎豆，設禮容。」

譯文

琉球人招待客人時都席地而坐，以東邊爲上座，鋪設好氈子。食物都用小盤子盛放，盤子一尺見方，安兩塊木板做腳，高八寸多。一共要上四道菜，分裝在各人的盤子裏互相不共用。前三道菜都帶著飯，第四道纔進上兩壺酒，不過三巡就能喝掉。每一道菜祇上一盤，一定要撤掉前面上的菜纔能上後面的菜。第一道菜的飯是油煎的面果，第二道菜的飯是炒米花，第三道就是米飯。每次上酒菜，主人一定會親自高高舉起，放在客人面前，彎著腰搓著手退下去。一直到宴席結束，主人都不陪著喫飯，表示最高的敬意。這是琉球人在宴會上尊敬客人的禮儀。如果賓主地位平等，就對坐飲酒。大概琉球人的習慣是，喫飯時都坐在地上，沒有桌椅等用具，餐具就像古時的俎豆，菜都做成乾的，不需要用勺子。即使是貴族大官家裏喫飯，也不過祇有一道菜、一份飯、一雙筷子；筷子多是用新鮮的柳枝做成的。妻子不與家人一起喫，還保留著古人的遺風。

原文

使院敷命堂後，舊有二榜。一書前明冊使姓名：洪武五年，封中山王察度，使行人湯載；永樂二年，封武寧，使行人時中；洪熙元年，封巴志，使中官柴山；正統七年，封尚忠，使給事中俞忭，行人劉遜；十三年，封尚思達，使給事中陳傳，行人萬祥；景泰二年，封尚景福，使給事中喬毅，行人童守宏；六年，封尚泰久，使給事中嚴誠，行人劉儉；天順六年，封尚德，使吏科給事中潘榮，行人蔡哲；成化六年，封尚圓，使兵科給事中官榮，行人韓文；十三年，封尚真，使兵科給事中董旻，行人司司副張祥；嘉靖七年，封尚清，使吏科給事中陳侃，行人高澄；四十一年，封尚元，使吏科左給事中郭汝霖，行人李際春；萬曆四年，封尚永，使戶科左給事中蕭崇業，行人謝傑；二十九年，封尚寧，使兵科右給事中夏子陽，行人王士正；崇禎元年，封尚豐，使戶科左給事中杜三策，行人司司正楊倫。凡十五次，二十七人。柴山以前，無副也。

譯文

使院敕命堂的後面，曾經有兩塊榜書。一塊上寫著前代明朝冊封的使臣姓名：洪武五年，冊封中山王察度，使者行人湯載；永樂二年，冊封武寧，使者行人時中；洪熙元年，冊封巴志，使者中官柴山；正統七年，冊封尚忠，使者給事中俞忭，行人劉遜；十三年，冊封尚思達，使者給事中陳傳，行人萬祥；景泰二年，冊封尚景福，使者給事中喬毅，行人童守宏；六年，冊封尚泰久，使者給事中嚴誠，行人劉儉；天順六年，冊封尚德，使者吏科給事中潘榮，行人蔡哲；成化六年，冊封尚圓，使者兵科給事中官榮，行人韓文；十三年，冊封尚真，使者兵科給事中董旻，行人司司副張祥；嘉靖七年，冊封尚清，使者吏科給事中陳侃，行人高澄；四十一年，冊封尚元，使者吏科左給事中郭汝霖，行人李際春；萬曆四年，冊封尚永，使者戶科左給事中蕭崇業，行人謝傑；二十九年，冊封尚寧，使者兵科右給事中夏子陽，行人王士正；崇禎元年，冊封尚豐，使者戶科左給事中杜三策，行人司司正楊倫。一共十五次，二十七人。在柴山以前沒有副使。

原文

一書本朝冊使姓名：康熙二年，封尚質，使兵科副理官張學禮，行人王垓；二十一年，封尚貞，使翰林院檢討汪楫，內閣中書舍人林麟；五十八年，封尚敬，使翰林院檢討海寶，翰林院編修徐葆光；乾隆二十一年，封尚穆，使翰林院侍講全魁，翰林院編修周煌。凡四次，共八人。

清明後，南風爲常。霜降後，南北風爲常。反是颶颱將作。正二三月多颶，五六七八月多颱。颶驟發而倏止，颱漸作而多日。九月北風或連月，俗稱九降風，間有颱起，亦驟如颶。遇颶猶可，遇颱難當。十月後多北風，颶颱無定期，舟人視風隙以來往。凡颱將至，天色有黑點，急收帆，嚴舵以待，遲則不及，或至傾覆。颱將至，天邊斷虹若片帆，曰破帆；稍及半天如鱟①尾，曰屈鱟。若見北方尤虐。又海面驟變，多穢如米糠，及海蛇浮游，或紅蜻蜓飛繞，皆颱風徵。

註釋

①鱟：生活在海中的一種節肢動物。

譯文

另一塊寫著本朝使臣的姓名：康熙二年，冊封尚質，使者兵科副理官張學禮，行人王垓；二十一年，冊封尚貞，使者翰林院檢討汪輯，內閣中書舍人林麟；五十八年，冊封尚敬，使者翰林院檢討海寶，翰林院編修徐葆光；乾隆二十一年，冊封尚穆，使者翰林院侍講全魁，翰林院編修周煌。一共四次，八人。

清明過後，常吹南風。霜降過後，常吹南北風。如果違反了這個規律，就會出現颶颱。正月、二月、三月颶風比較多，五月、六月、七月、八月颱風比較多。颶風發生得很突然，停止得也很突然，颱風漸漸產生且會持續多日。九月，北風有時會連續吹一個月，俗稱九降風，間或會吹起颱風，也像颶風那樣突然。遇到颶風還可以，遇到颱風就難以抵擋了。十月後多吹北風，颶風和颱風都沒有一定的日子，船夫要看准風的間隙在海上來往。凡是颶風將要發生，天空會有黑點，要迅速收起船帆，把穩船舵等待，慢一點就來不及了，有時船就會沉沒。颱風快來時，天邊斷續的彩虹就像一片片船帆，稱爲破帆；一會兒就佈滿半邊天，像鱟尾一樣，稱爲屈鱟。如果這種景象出現在北方，颱風就會尤其厲害。另外，海面突然變化，出現許多像米糠一樣的髒東西，海蛇浮出水面游弋，或紅蜻蜓繞著圈飛，都是要發生颶風的徵兆。

原文

自來球陽，忽已半年，東風不來，欲歸無計。十月二十五日，乃始揚帆返國。至二十九日，見温州南杞山。少頃，見北杞山，有船數十隻泊焉。舟人皆喜，以爲此必迎護船也。守備登後艄以望，驚報曰：「泊者賊船也。」又報：「賊船皆揚帆矣。」未幾，賊船十六隻，吆喝而來。我船從舵門放子母炮，立斃四人，擊喝者墮海。賊退。槍併發，又斃六人。復以炮擊之，斃五人。稍進，又擊之，復斃四人。乃退去。其時，賊船已佔上風，暗移子母炮至舵右舷邊，連斃賊十二人，焚其頭篷，皆轉舵而退。中有二船較大，復鼓噪，由上風飛至。大炮准對賊船，即施放，一發中其賊首，煙迷里許。既散，則賊船已盡退。是役也，槍炮俱無虛發，倖免於危。

譯文 自從來到琉球，很快已經過去半年了，東風不來，想回國也沒有辦法。十月二十五日，纔開始揚帆返回國內。到了二十九日，看見了溫州南杞山。不一會兒，看到了北杞山，有幾十隻船停在那兒。船上的人都很高興，以爲這些一定是前來迎接保護的船隻。守備登上後艄觀望，驚恐地報告說：「停著的是賊船。」又報告說：「賊船都揚起帆了。」不一會兒，十六隻賊船吆喝著向我們駛來。我們的船從舵門發射子母炮，當時就擊斃了四個賊人，把吆喝的人打落到海裏。賊人後退，我們的火槍一起射擊，又擊斃了六個賊人。我們再用炮攻擊，擊斃五人。稍稍向前駛進一些，再攻擊敵人，又擊斃了四人。賊人於是退去了。開始的時候，賊船已經佔了

上風，我們暗中把子母炮移到舵艙的右舷邊，連續擊斃了十二個賊人，燒毀了領頭賊船的帆篷，賊船都轉舵退了下去。賊船中有兩隻船比較大，重新鼓噪吶喊，從上風飛駛過來。我們把大炮對準了賊船，立即發射，一發炮彈正擊中賊人的頭目，煙霧瀰漫方圓一里多。煙霧散後，賊船已經逃得一乾二淨了。這一仗，槍炮都彈無虛發，我們都倖免於危難。

原文 不一時，北風又至，浪飛過船。夢中聞舟人嘩曰：「到官塘矣！」驚起。從客皆一夜不眠，語余曰：「險至此，汝尚能睡耶？」余問其狀，曰：「每側則篷皆臥水，一浪蓋船，則船身入水，惟聞瀑布聲，垂流不息。其不覆者，幸耶！」余笑應之曰：「設覆，君等能免乎？」余入黑甜鄉，

未曾目擊其險，豈非幸乎？」盥後，登戰臺視之，前後十餘竈，皆沒，船面無一物，爨[1]火斷矣。舟人指曰：「前即定海，可無慮矣。」申刻乃得泊。船戶登岸購米薪，乃得食。

是夜修家書，以慰芸之懸繫，而歸心益切。猶憶昔年，芸嘗謂余：「布衣菜飯，可樂終身，不必作遠遊。」此番航海，雖奇而險，瀕危倖免，始有味乎芸之言也。

註釋

①爨：竈。

譯文

不一會兒，北風又吹了起來，海浪飛過了船頂。我在夢中聽見船上的人大叫道：「到官塘了！」我驚訝地起來。隨行的人都一夜沒有睡覺，對我說：「驚險到這種程度，你還能睡著啊？」我問他們有甚麼情況，他們說：「每一次傾斜，帆篷都臥在了水面

上，一個大浪蓋在船上，船身就沒入水中，衹聽到像瀑布一樣的聲音，向下流個不停。這種情況下沒有翻船，太幸運了！」我笑著應答道：「假如船沉了，你能倖免嗎？我進入夢鄉，沒有看到這樣的危險，難道不幸運嗎？」洗漱以後，我登上戰臺觀察，前後十多個爐竈都沉到水裏了，船面甚麼都沒有，炊火也滅了。船夫用手指著說：「前面就是定海，可以不用擔心了。」到了申時，船纔得以停泊下來，船夫到岸上購買糧食和木柴，大家纔喫到東西。

我當晚寫了一封家書，以安慰陳芸的掛念之情，然而歸心更加迫切了。還記得當年，陳芸曾經對我說：「穿布衣，喫普通的飯菜，可以快樂地過一輩子，沒有必要遠遊。」我這次航海，雖然經歷奇險，瀕臨危難卻得倖免，纔開始體會到陳芸的話。

原文 自芸娘之逝，戚戚①無歡。春朝秋夕，登山臨水，極目傷心，非悲則恨。讀《坎坷記愁》，而余所遭之拂逆②可知也。静念解脱之法，行將辭家遠出，求赤松子於世外。嗣以淡安、揖山兩昆季之勸，遂乃棲身苦庵，惟以《南華經》自遣。乃知蒙莊鼓盆而歌，豈真忘情哉？無可奈何，而翻作達耳。余讀其書，漸有所悟。讀《養生主》而悟達觀之士無時而不安，無順而不處，冥然與造化爲一。將何得而何失，孰死而孰生耶？故任其所受，而哀樂無所措其間矣。又讀《逍遥遊》，而悟養生之要，惟在閒放不拘，怡適自得而已。始悔前此之一段癡情，得勿作繭自縛矣乎！此《養生記

道》之所以爲作也。亦或采前賢之説以自廣，掃除種種煩惱，惟以有益身心爲主，即蒙莊之旨也。庶幾可以全生，可以盡年。

註釋 ①戚戚：憂懼、憂傷的樣子。晋陶潛《五柳先生傳》：「不戚戚於貧賤，不汲汲於富貴。」②拂逆：不順之事。

譯文 自從芸娘去世，我就一直很憂傷。春天的清晨、秋天的傍晚，極目遠眺，倍感傷心，不是十分悲傷就是無比悵恨。讀了《坎坷記愁》那一卷，就可以知道我所遭遇的不順利的事了。

我静下心來誦讀以獲得解脱的方法，即將離家遠行，到世外之地尋找赤松子這樣的神僊。繼而我的兩個兄弟淡安、揖山又勸説我，我於是找了一座清苦的庵廟棲身，衹是每天讀《南華經》來自己

排讒苦悶。於是我知道了蒙地的莊子敲著瓦盆唱歌，哪里是眞的忘記悲傷之情了呢？衹是無可奈何，反過來有意說些豁達的話而已。我讀莊子的書，漸漸有所感悟。讀《養生主》悟到了豁達大度的人無時無刻不安心，沒有甚麼事情不能順利地處理好，在冥冥之中與自然界合爲一體。那麼將得到甚麼又將失去甚麼，甚麼是死去又甚麼是生存呢？所以，聽任所處環境的發展，那些悲哀和歡樂就沒有立足之地了。後來又讀《逍遥遊》，悟到了養生的要點，衹在閒適放鬆不受束縛、快樂安逸自得其樂就可以了。我開始對前一段時間中癡迷於情感感到後悔，不知自己能做到不作繭自縛啊！這是我寫《養生記道》的原因。或者也可以說是采納前人的說法來寬慰自己，掃除各種煩惱，衹以對身心有好處爲主，這就是蒙地莊子的主旨。這樣幾乎就可以保全生命，盡享天年了。

原文 余年纔四十，漸呈衰象。蓋以百憂摧撼，歷年鬱抑，不無悶損。淡安勸余每日靜坐數息，倣子瞻《養生頌》之法，余將遵而行之。調息之法，不拘時候，兀身端坐。子瞻所謂攝身使如木偶也。解衣緩帶，務令適然。口中舌攪數次，微微吐出濁氣，不令有聲，鼻中微微納之。或三五遍，二七遍，有津咽下，叩齒數通。舌抵上齶，唇齒相著，兩目垂簾，令朧朧然漸次調息，不喘不粗。

譯文 我年紀纔四十歲，卻漸漸出現了衰老的跡象。也許是因爲太多的憂愁摧殘搖動我的內心，並不是沒有苦悶和損害。淡安勸我每天靜坐一段時間，數呼吸的次數，倣倣蘇軾《養生頌》裏講的方法，我將遵守奉行。調理氣息的方法，不受時間和氣候的限制，衹要端正身體坐好就可以了。蘇軾所說的把身體控制得像木偶一樣就是了。解開衣服，放鬆衣帶，一定要使身體舒適。舌頭在口中攪動幾次，將濁氣一點一點吐出，不要發出聲音，鼻子裏再一點一點吸入新鮮的空氣，或者三五遍，或者二七遍，有唾液就咽下去，叩擊牙齒數次。舌尖抵住上齶，嘴唇碰觸牙齒，兩眼眼皮垂下來，令自己在朦朧的感覺下依次調整氣息，要喘息但氣息不要粗。

原文 或數息出，或數息入，從一至十，從十至百，攝心在數，勿令散亂。子瞻所謂「寂然、兀然與虛空等」也。如心息相依，雜念不生，則止勿數，任其自然，子瞻所謂「隨」也。坐久愈妙，若欲起身，須徐徐舒放手足，勿得遽起。能勤行之，靜中光景，種種奇特。子瞻所謂「定能生慧」。自然明悟，譬如盲人忽然有眼也。直可明心見性，不但養身全生而已。出入綿綿，若存若亡，神氣相依，是爲真息。息息歸根，自能奪天地之造化，長生不死之妙道也。

譯文 有時呼出許多氣，有時吸入許多氣，從一到十，從十到百，心中默默地記住數目，不要散亂。這就是蘇軾所說的「寂然、兀然與虛空等」。比如心與氣息相依賴，雜念也不產生，就停下來不用再數了，在這個狀態下順其自然，這就是蘇軾所說的「隨」。坐的時間越長，感覺就越美妙，如果想要起身，一定要慢慢地放鬆手腳，不要急著站起來。能夠經常這樣做，在安靜的狀態下可以看到多種奇特的光景。這就是蘇軾所說的「定能生慧」。自然地明白領悟，就好像盲人忽然能看見了。真的可以使心中明亮，見到本性，並不衹是能夠保養身心保全生命。氣息連續舒緩地出入，若有若無，神與氣互相依存，就是真氣。

每次調理氣息都要從根本做起，自然就能奪取天地的造化，這是長壽的絕妙方法。

原文 人大言，我小語。人多煩，我少計。人悖怖，我不怒。澹然無爲，神氣自滿。此長生之藥。《秋聲賦》①云：「奈何思其力之所不及，憂其智之所不能？宜其渥然②丹者爲槁木，黟③然黑者爲星星。」此士大夫通患也。又曰：「百憂感其心，萬事勞其形。有動於中，必搖其精。」人常有多憂多思之患，方壯遽老，方老遽衰。反此亦長生之法。舞衫歌扇，轉眼皆非。紅粉青樓，當場即幻。秉靈燭以照迷情，持慧劍以割愛欲。殆非大勇不能也。

註釋 ①《秋聲賦》：北宋文學家歐陽修的作品。②渥然：色澤紅潤的樣子。③黟：烏黑。

譯文 別人大聲說話，我衹小聲言語。別人煩心事很多，我卻很少能記住。別人恐嚇我，我不生氣。心能淡定，清靜無爲，神與氣自然充足。這是長生的靈藥。《秋聲賦》中說：「爲甚麼要去思考能力做不到，擔心智慧不能解決的事情呢？這自然會使他紅潤的面色蒼老得像枯槁的樹木，烏黑的頭髮變得花白。」這是士大夫都有的問題。文中還說：「各種憂慮使其心焦灼，繁多的事務使其身體疲勞，心中有所動，就一定會搖動其精神。」人們總是被太多的憂慮和愁思損害，正在壯年的一下子就變老，剛剛變老又一下子衰弱。與此相反的正是長壽的方法。舞蹈時穿的衣衫和歌唱時搖的扇子，轉眼之間就都不存在了。年輕的女子和青樓裏的妓女，在當時的場景中好似幻覺。拿著神靈的燭火照亮陷於情中的迷失，手握智慧的寶劍割斷愛欲。這些大概沒有大的勇氣是做不到的。

原文　然情必有所寄。不如寄其情於卉木，不如寄其情於書畫。與對豔妝美人何異？可省卻許多煩惱。范文正有云：「千古賢賢，不能免生死，不能管後事。一身從無中來，卻歸無中去。誰是親疏？誰能主宰？既無奈何，即放心逍遙，任委來往。如此斷了。既心氣漸順，五臟亦和，藥方有效，食方有味也。祇如安樂人，忽有憂事，便喫食不下，何況久病，更憂身死，更憂身後，乃在大怖中，飲食安可得下？請寬心將息。」①云云。乃勸其中舍三哥之帖。余近日多憂多慮，正宜讀此一段。

註釋　①「千古賢賢」句：出自范仲淹寫給病中三哥的信，即《與中舍書》。

譯文　然而感情一定要有寄託的地方。不如把感情寄託在花卉草木上，也不如把感情寄託在書畫上。這樣做與面對妝容豔麗的女人有甚麼不同嗎？還可以省去許多煩惱。范文正說：「千百年來的聖賢，都不能免去一死，也管不了身後之事。一身從無中來，卻又回歸於無。誰是親近的和疏遠的？誰能主宰？既然沒有辦法，就放鬆心態逍遙自在，任事情其發生結束。這樣做了，心氣就會慢慢平順，五臟也平和，藥物纔能有效，喫東西也纔有滋味。就像安樂的人一樣，不要有煩心事。憂慮便喫不下飯，何況一旦病得時間長了，就更加爲死去擔憂，更加爲身後事擔憂，處在巨大的恐懼之中，飲食怎麼能下嚥呢？請放寬心好好休養。」等等。這是范仲淹勸説他三哥中舍的話。我近來憂慮就很多，正應該讀這段話。

原文 放翁①胸次廣大，蓋與淵明②、樂天、堯夫③、子瞻等，同其曠逸。其於養生之道，千言萬語，真可謂有道之士。此後當玩索陸詩，正可療余之病。

淴浴④極有益。余近製一大盆，盛水極多。淴浴後，至爲暢適。東坡詩所謂「杉槽漆斛江河傾，本來無垢洗更輕」⑤，頗領略得一二。

治有病，不若治於無病。療身，不若療心。使人療，尤不若先自療也。林鑒堂詩曰：「自家心病自家知，起念還當把念醫。祇是心生心作病，心安那有病來時！」此之謂自療之藥。遊心於虛靜，結志於微妙，委慮於無欲，指歸於無爲，故能達生延命，與道爲久。

註釋 ①放翁：陸游，字務觀，號放翁，越州山陰（今浙江紹興）人，南宋愛國詩人，有《劍南詩稿》、《渭南文集》等數十個文集傳世，存詩九千三百餘首，是我國現有存詩最多的詩人。②淵明：陶淵明，字元亮，號五柳先生，諡號靖節先生，入劉宋後改名潛。東晉末至南朝宋初詩人、文學家，東晉潯陽柴桑（今江西九江）人。做過幾年小官，後辭官隱居，作品以田園生活爲主要題材，有《飲酒》、《歸園田居》、《五柳先生傳》、《歸去來兮辭》、《桃花源詩》等。③堯夫：邵雍，字堯夫，自號安樂先生，北宋哲學家。④淴浴：洗澡。⑤「東坡詩」句：北宋蘇軾《宿海會寺》詩：「大鐘橫撞千指迎，高堂延客夜不扃。杉槽漆斛江河傾，本來無垢洗更輕。」

【譯文】陸放翁心胸寬大，大概是與陶淵明、白樂天、邵堯夫、蘇子瞻等同樣顯達飄逸的人。他對於養生的方法，有很多論述，真可以說是得道之人。此後我會好好品味一下他的詩，正好可以治療我的病。

洗澡的好處太多了。我近來做了一個大盆，盛的水非常多。洗完澡，暢快舒適到了極點。蘇東坡詩中所說的「杉槽漆斛江河傾，本來無垢洗更輕」，我已多少領略了一些。

有病再治，不如沒病時防治。療養身體，不如療養內心。請別人治療，不如自己先治療。林鑒堂詩中說：「自家心病自家知，起念還當把念醫。祇是心生心作病，心安那有病來時！」這就是所說的自己治療的藥。讓心在空虛寧靜的心境中遨遊，讓志向與微妙的情緒結合，讓思慮無欲無求，指向並歸結到無為，這樣就能豁達生活，延長壽命，和道在一起纔能夠長生。

【原文】《僊經》以精、氣、神爲內三寶，耳、目、口爲外三寶。常令內三寶不逐物而流，外三寶不誘中而擾。重陽祖師①於十二時中，行住坐臥，一切動中，要把心似泰山，不搖不動；謹守四門，眼、耳、鼻、口，不令內入外出。此名養壽緊要。外無勞形之事，內無思想之患，以恬愉爲務，以自得爲功，形體不斂，精神不散。

益州老人嘗言：「凡欲身之無病，必須先正其心。使其心不亂求，心不狂思，不貪嗜欲，不著迷惑，則心君泰然矣。心君泰然，則百骸四體雖有病，不難治療。獨此心一動，百患爲招，即扁鵲華佗在旁，亦無所措手矣。」

註釋 ①重陽祖師：指王重陽，中國道教分支全真道的始創人，被後世尊爲道教的北五祖之一。

譯文 《僊經》把精、氣、神當作內三寶，把耳、目、口當作外三寶。要經常注意，不使內三寶去追逐物質潮流，不使外三寶受到誘惑的干擾。重陽祖師在十二個時辰中，行走、停下、或坐、或臥，在所有的行動中，都要讓心安如泰山，不搖不動；謹慎地守住眼、耳、鼻、口四門，不使干擾內寶之物入，也不使干擾外寶之物出。這就叫做養生長壽的緊要之處。在外沒有勞苦身體之事，在內沒有憂患思想之事，以安然愉悅爲要務，以自得其樂爲成就，身體就不會衰老，精神就不會散漫。

益州老人曾經說：「所有希望身體不生病的人，一定要先端正心態。使自己心中不胡亂追求，不狂想，不貪圖嗜好欲望，不被迷惑，那麼心就一定能泰然。心一旦泰然，那麼身體即使生病也不難治療。祇要心不安穩，就會招來各種禍患，即使扁鵲和華佗這樣的名醫在身旁，也無從下手醫治了。」

原文 林鑒堂先生有《安心詩》六首，真長生之要訣也。詩云：

我有靈丹一小錠，能醫四海群迷病。

此兒吞下體安然，管取延年兼接命。

安心心法有誰知，卻把無形妙藥醫。
醫得此心能不病，翻身跳入太虛時。

念雜由來業障多，憧憧擾擾竟如何。
驅魔自有玄微訣，引入堯夫安樂窩。

人有二心方顯念，念無二心始爲人。
人心無二渾無念，念絕悠然見太清。

這也了時那也了，紛紛擾擾皆分曉。
雲開萬里見清光，明月一輪圓皎皎。

四海遨遊養浩然，心連碧水水連天。
津頭自有漁郎問，洞裏桃花日日鮮。

譯文

林鑒堂先生作了六首《安心詩》，真是長生的要訣。詩是這樣的：

我有靈丹一小錠，能醫四海群迷病。
些兒吞下體安然，管取延年兼接命。

安心心法有誰知，卻把無形妙藥醫。

潔其體者，不履邪徑，不視惡色，不聽淫聲，不爲物誘。入室閉戶，燒香靜坐，方可謂之齋也。誠能如是，則身中之神明自安，陞降不礙，可以卻病，可以長生。」

【註釋】

①晦庵：朱熹，見前注。

【譯文】

禪師和我談論怡養心神的方法，他說：「心就像明亮的鏡子，不能落上灰塵。又像靜止的水，不能產生波瀾。」這與朱晦庵所說「做學問的人，要經常提醒自己的心，要清醒不要睡著，像太陽在正午的時候，各種邪僻自動會停止活動」的宗旨是一樣的。他還說：「眼睛不要胡亂看，耳朵不要胡亂聽，口不要胡亂說，心不要胡亂動搖，貪心、嗔怒、癡心、愛欲，正確、錯誤、自己、他人，一切都放下。沒有事情時不可以率先接受，遇到事情時不應該被過多擔擾，既然事情已經無法挽留，就聽憑它自來自去。忿怒、驚恐、畏懼，喜好、歡樂、憂愁、災禍，就都可以正確對待了。」這是修養身心的重要之處。

王華子說：「齋就是齊。使心齊而使體潔，難道僅僅是喫素嗎？所謂使心齊，指的是淡泊志向，少鑽營，看輕得失，勤於自我反省，遠離酒肉。使體潔，是指不走歪門邪道，不看醜惡的東西，不聽淫穢的聲音，不被物質所誘惑。進入房中，關好門窗，燒香靜坐，纔能說是齋。真能這樣做，那麼身體裏的神明自會平靜，上下都沒有障礙，可以抵禦疾病，可以長生。」

醫得此心能不病，翻身跳入太虛時。

念雜由來業障多，憧憧擾擾竟如何。
驅魔自有玄微訣，引入堯夫安樂窩。

人有二心方顯念，念無二心始爲人。
人心無二渾無念，念絕悠然見太清。

這也了時那也了，紛紛攘攘皆分曉。
雲開萬里見清光，明月一輪圓皎皎。

四海遨遊養浩然，心連碧水水連天。
津頭自有漁郎問，洞裏桃花日日鮮。

【原文】禪師與余談養心之法，謂：「心如明鏡，不可以塵之也。又如止水，不可以波之也。」此與晦庵①所言「學者，常要提醒此心，惺惺不寐，如日中天，群邪自息」其旨正同。又言：「目毋妄視，耳毋妄聽，口毋妄言，心毋妄動，貪嗔癡愛，是非人我，一切放下。未事不可先迎，遇事不宜過擾，既事不可留住，聽其自來，應以自然，信其自去。忿懥恐懼，好樂憂患，皆得其正。」此養心之要也。

王華子曰：「齋者，齊也。齊其心而潔其體也，豈僅茹素而已。所謂齊其心者，澹志寡營，輕得失，勤內省，遠葷酒。